有爱的青春陪伴者

饲渊

草灯大人 / 著

江苏凤凰文艺出版社

图书在版编目（CIP）数据

饲渊 / 草灯大人著. -- 南京：江苏凤凰文艺出版社，2024.3
ISBN 978-7-5594-8118-4

Ⅰ.①饲… Ⅱ.①草… Ⅲ.①长篇小说－中国－当代 Ⅳ.①I247.5

中国国家版本馆CIP数据核字(2023)第229823号

饲渊

草灯大人 著

责任编辑	王昕宁
特约编辑	周丽萍　李　娜
出版发行	江苏凤凰文艺出版社
	南京市中央路165号，邮编：210009
网　　址	http://www.jswenyi.com
印　　刷	长沙鸿发印务实业有限公司
开　　本	880mm×1230mm　1/32
印　　张	8.5
字　　数	191千字
版　　次	2024年3月第1版
印　　次	2024年3月第1次印刷
书　　号	ISBN 978-7-5594-8118-4
定　　价	39.80元

江苏凤凰文艺版图书凡印刷、装订错误，可向出版社调换，联系电话025-83280257

目录
CONTENTS

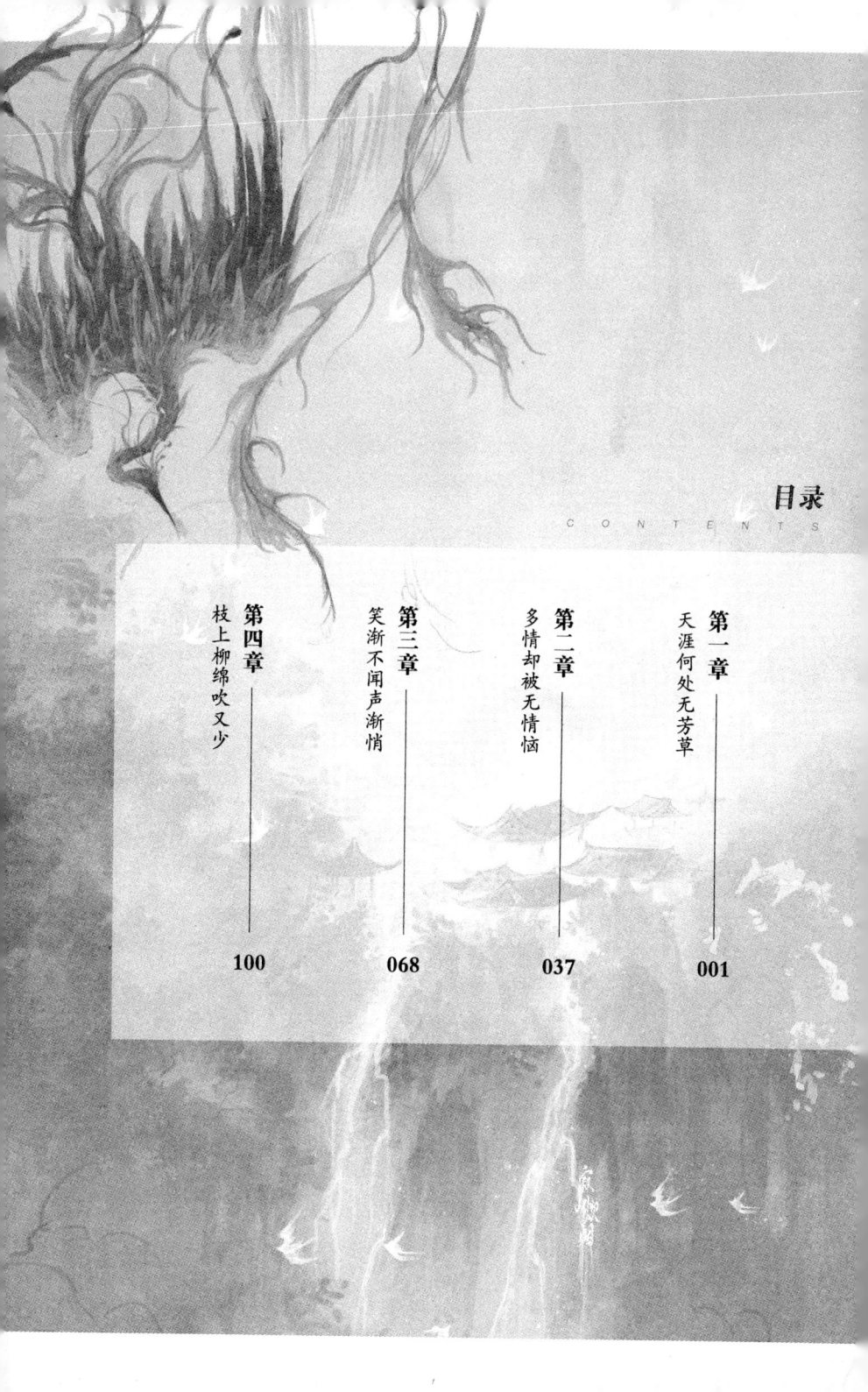

第一章 天涯何处无芳草 001

第二章 多情却被无情恼 037

第三章 笑渐不闻声渐悄 068

第四章 枝上柳绵吹又少 100

目录
CONTENTS

第五章　花褪残红青杏小　139

第六章　墙里秋千墙外道　182

第七章　墙外行人，墙里佳人笑　222

番外一　燕子飞时，绿水人家绕　230

番外二　蝶恋花，却话春景年年好　250

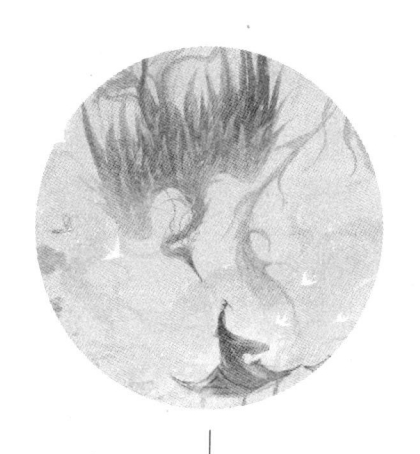

第一章
天涯何处无芳草

01

"我师父真是个好人啊！"芳草第四十六次感慨。

几天前，她还是神识涣散、无人怜惜的一株草，被关在暗无天日的地牢之中野蛮生长。

要不是师父寻到了她，渡给她修为与灵力，恐怕她如今连化形都做不到，更别提还能在辉煌华丽的咸鸾宫里生活了。

关于咸鸾宫，芳草曾问过师父，为何不喊"甜鸾宫"。

仙风道骨的师父只是冷漠地看她一眼，淡然道："无知稚儿，莫要问这么多。"

芳草颇为委屈，垂头丧气地说道："不是师父让我不懂就问吗？"

"罢了，既然你这般好学，为师就告知你吧。"师父蹲下身，将她抱到那块很有故事感的匾额之下，缄默不语。

见状，芳草有点后悔，自己是不是戳中了师父什么伤情往事了？譬如师父千百年前曾有一名情投意合的仙侣名为"咸鸢"云云。

岂料还没等她想出个所以然来，师父便黯然神伤地答："为师……不爱吃甜口。"

"哦。"芳草"枯萎"了。

原来世间万物并无正经因果，可能有时候确实是自己多事了。

芳草不死心，又问了师父一句："那为何师父给我取名'芳草'？真的很土。"

师父意味深长地道了句："人间有句诗，很美——'天涯何处无芳草'，为师觉得，它很衬你。"

"哦。"这好歹算个正经理由，芳草坦然接受了。

芳草住在咸鸢宫，其实很遭其他仙草弟子的妒恨，但她生性纯善，不爱同人计较。

——只在背地里告状，毕竟她和师父很熟。

这日，师父外出赴某仙友之子的满月宴，宫内无人可庇护芳草，芳草就遭殃了。

仙草弟子们蜂拥而上，将她团团围住。

为首的仙草姑娘乃草妖一族族长之女兰迦，听闻师父擅培仙宫草木，这才拜在他门下。

原本兰迦在草族里是锦衣玉食娇养着的贵小姐，岂料被芳草这样毫无灵力的下等草妖给比下去，反倒让芳草成了师父的关门弟子。

说是"关门"，其实就是芳草留宿咸鸢宫中，而其他仙草都在弟子宿舍吃喝。

兰迦仗着家中宗族势大，冷眼扫了一圈自个儿的跟班，道："师父如今不在宫中，自有我这位大弟子替他管理宫学！芳草不过是路边草芥，怎可日日以身轻骨弱为由头，独得师父关照。她惯爱撒谎，如今便戳穿她的谎话！来人，将她拉出咸鸾宫！我倒要看看，咱们草妖一贯要日照生长，她怎生得娇贵，还见不得日光！"

许是此前被困于地牢之中，芳草确实见不得光，一旦被日光照久了，她通体肌肤都会产生一股难言的烧灼感，疼得她痛不欲生。

师父称她是野草，修为不够，得好生修炼才能得长生。她一直谨遵教诲，乖巧地待在咸鸾宫中，唯有月辉落地时，才敢出宫门一探外界。

现如今拽她出去，不是要她的命吗？

芳草连连拒绝："我不去，我就是死也不会踏出咸鸾宫！"

可惜芳草说了也没人听，她话音刚落，仙草弟子们便将她架着丢出了宫。

芳草跌倒在青石砖上。

日光离仙宫近，此处的地砖也比旁处的更为炽热，芳草的手脚均被烫伤。她觉得浑身犹如刀割一般，仿佛有什么事物要透过她的肌肤，破骨而出。

芳草挣扎着，企图回到咸鸾宫内。

可一次、二次、三次……她都被人推回原地。

这些人不在意芳草的死活，他们只想驱赶她，等到师父归来时，芳草回天乏术，那么时间久了，这样一个特殊的弟子也会被师父渐渐遗忘。

届时，师父还会是大家的。

就在芳草痛苦不堪的时刻，忽然有一脉冷泉注入她的体内。

待她反应过来时，已然被一袭长袍卷入其中。

芳草被绵软冰凉的长袍裹挟，隔绝了日光，她松了一口气。

是师父回来了。

他惯是喜怒不惊的模样，很少生气。可此时，他冷着脸，扫过眼前一众弟子，有雷霆之怒："是谁出的主意？"

众人惶惶不安，你推我搡，不敢上前。

师父怒极反笑："我原以为仙草都心神纯善，原也是道貌岸然之辈。若无人敢认，为师便一道儿废了尔等修为。"

此言一出，众仙草惶恐，这岂不是指，师父要将他们在咸鸾宫千百年的修为化为乌有，并且驱逐出师门？

当年他们拜入咸鸾宫下，家中不知托了多少仙友关系才寻到门头来，怎能说放逐就放逐呢？莫说日后还有没有仙宫收他们为徒，便是归家去，家中人也会以他们为耻，不愿他们连累其他兄弟姐妹。

况且，他们又不是兰迦，生来就是族中嫡长女，金枝玉叶。

她不怕死，但他们怕啊！

于是，跟班团伙迅速瓦解，顺道将兰迦推了出去。

师父见此境况，心下了然。他的指尖虚虚勾起一团绚烂的蓝芒，雪白长衫微扬，漠然地走向兰迦。

师父是神明，即便惩戒人也带有三分慈悲。

兰迦是弟子之中修为最高的那一个，她一见蓝火便懂了。

兰迦连连后退，说情讨饶："师、师父……你废我修为，我无话可说。可你不能用抽骨术，剔我仙骨……"

师父怜悯地看着底下求饶的孩子，淡淡道："为师原以为你资质上乘，此后必有作为。可你陷害同门，辜负了我，是你该死。"

兰迦见他步步紧逼，而自个儿已无退路，她咬紧牙关，负隅顽抗，道："师父！你不能这样对我，我可是草妖一族的嫡长女，你伤我便是与草妖为敌！"

师父闻言，手间蓝光渐弱。

兰迦松了一口气，以为师父经营仙宫宫学，也是忌惮草妖一族的。

岂料，还没等她缓过来，师父掌心的光球更大，隐隐有愈演愈烈之势。

这一回，师父不再犹豫，猛然拂袖，将那一团蓝芒击出。只听得"砰"的一声巨响，光球挤入兰迦心脏，震得她口喷鲜血。

她难以置信地望着师父，眉目狰狞，问："为、为何……"

师父撩袍擦了擦手，风轻云淡地答："草妖一族上百妖仙拜于我门下修行。不过是族中嫡女罢了，你不是第一个，也不会是最后一个。"

言罢，他抱起覆于袍中、奄奄一息的芳草，朝前缓步而去，留下最后一句叮咛："人啊，贵在有自知。"

气若游丝的芳草被师父抱到咸鸾宫中，她身上的肌肤好似起了无数鳞片，那裂痕之间，涌现万丈金光，要将她撕裂一般。

芳草痛苦不堪，连连哀求："师父，我好疼……"

师父抿唇，观望了半晌。

该不该出手？

最终，他还是长叹一口气，道了句："罢了。"

随后，师父将无数灵力渡入芳草体内，助她修复妖核。

芳草不知自己昏睡了多少时日，待她再次清醒过来时，师父正拿着汤勺喂她药汤。

芳草感动不已，险些潸然泪下，涕泪横流，还是师父适时出声止住了她的哭声，冷漠道："莫要落泪，为师这床上古冰丝被，很贵。"

"哦。"芳草收住了哀号，倚靠在床榻边上，温柔地望着师父。

她默默享受师父的照顾，头一回觉得，若是岁月可长留，停留在这一瞬，该多好。

因为下一刻，她发现，师父给她盖冰丝被之前还给她垫了一块粗布毛毯，显然是怕她弄脏他的爱被，故而谨慎至此地步。

另一边，兰迦的退场，也让咸鸾宫中的弟子们懂了一件事。

能和师父住在一起，能和师父同吃三餐，能和师父日日同进同出……芳草哪里是身份卑微的下等草妖，那是师母啊！

于是乎，芳草的地位无端端抬高了。弟子们待她恭敬了，还懂献殷勤了，至少不敢明里暗里与她作对了。

当一个人和你已经不是同一个级别的时候，你根本就不会产生攀比欲。

芳草当然不知道，宫外将她和师父的关系污名化，还传得这样沸沸扬扬。

她还以为，棍棒之下出孝子，师父真是很懂御下之道，于是乎，她看师父的眼神更为崇拜了，连给他端茶递水都很殷勤。

不过师父不愧是守礼克己之人，面对芳草没日没夜的讨好，脸上波澜不惊。

师父看完一卷书，抬眸望着芳草，问："你可有所求？"

芳草愣了愣，摇头："没有。"

"那你为何成日盯着为师看？"

"我只是在想，师父真是个好人啊！"

明明是一句好话，不知为何，却让师父有一瞬的茫然。

师父顾左右而言其他，含糊其词，道了句："爱徒，你涉世未深，识人不清，为师也就罢了，今后见了旁人，可莫要轻易下结论。"

芳草还没来得及问他此话何意，下一刻，咸鸾宫的宫门便被人踢开了。

一时间，宫门洞开，仙风流窜，宫外站着一群彪悍壮汉。

他们一见芳草便大惊失色，道："果然！宫主就是被林渊这奸贼掳走囚禁了！"

那些穿着齐整仙袍的壮汉扬剑，纷纷指向师父，怒斥："林渊！你究竟想把我们宫主怎么样？"

还没等师父回答，这群人又自乱阵脚，议论纷纷——

"不好，宫主在他手上，他保不准会狠下毒手！"

"莫要轻举妄动，好不容易找到林渊的老巢，全力保下宫主！"

"是了，还是先礼后兵，从长计议吧。"

一群人商议完，决定收回长剑，面上带笑，道："林渊神君，您开个价吧，要多少灵石珍宝，才可将宫主还给我等？"

这些人凶神恶煞，瞧着实在不好相与。

芳草有点怕,惶恐不安地望着师父:"他们说的'宫主'是谁呀?师父在殿中金屋藏娇了吗?"

当了芳草几日师父的林渊神君面对她的质疑,少见地语塞了。

良久,他将芳草推至几位壮汉面前,道:"也是凑巧,本仙君此前在琳琅山修行,不慎将宫主关入暗室,且消除了她的记忆。后见宫主可亲可爱,心下不忍她露宿街头,故而领回咸鸾宫中娇养了几日。如今宫主亲信寻来,是该将她'完璧归赵'的。"

林渊当即便把芳草推出去了。

待芳草懵懵懂懂地回了自家地盘,路上她复盘这几日的经历,才渐渐反应过来不大对劲之处——也就是说,是师父伤她、使她失忆、囚禁她,如今玩够了,又丢弃了她?

那句"天涯何处无芳草"……该不会是"纵使尔等寻遍天涯海角,也找不到宫主芳草"之意吧?

那师父,岂不是她人生之中的头号敌人?

天凤宫内。

芳草服下侍臣们送来的破咒丹药后,通体肌肤龟裂。

裂缝之中,华光涌出,万丈光瀑将她团团笼罩。

辉光过后,便是一团灼烈的火焰,烧尽旧壳,孵出新皮。

芳草涅槃出世,所有记忆回归她脑海之中。她本名方锦,不叫芳草。自从凤王死后,她便是凤凰一族唯一残生的凰鸟。

方锦是孤女,濒危物种,自小集万千宠爱于一身,不单是宫里的侍臣偏疼她,就连四海八荒的神仙们也对她多有怜爱,百般照顾。

除了林渊神君。

为此，方锦很是苦恼，日日三省："我究竟哪儿得罪他了？"

反省过后，她又开始关心天界同僚："林渊什么时候辞世？"

不怪方锦纳闷，实在是林渊神君对她恶意满满。

方锦记得，她和林渊神君初次见面，乃是她首次在人界历劫，涅槃重生，回到天界之时。

仙友们举着酒樽，纷纷庆贺方锦脱胎换骨，重归天界。毕竟凤凰一族，不少族人死于涅槃之火。

前来祝贺的仙友，也包括林渊神君。

她听闻林渊是凡人修成的神，肉身要塑成神体，必将经过重重考验与历练，上千年难能飞升一个。

换言之，这是靠自个儿双手起家的神，和她这种神二代不大一样。

纨绔子弟最佩服的人是什么？自然是那些高才绝学的人。

她是由衷佩服林渊，这才纡尊降贵，执着酒盏去敬他。哪知道，林渊眼皮子都不掀一下，当着万千神仙的面，冷冰冰地回绝了她的好意。

方锦吃了瘪，心里暗骂：你清高，你了不起！

既然他不给她好脸瞧，方锦也不会执意要热脸贴上冷屁股。

可是打那以后，林渊不知是吃错了什么药，非要同她对着干，以讽刺她、刻薄她为首要任务。

要不是方锦笃定自个儿此前从未见过林渊，她都要怀疑，她是不是对他干了什么伤天害理之事了。

特别是这一次,她再次历劫归来,神识还未复苏便被林渊掳走了。

幸亏她无事发生,否则她定要率领侍臣抄了林渊老家!

方锦又一次脱胎换骨,终是平安长成了凰鸟。

侍臣们纷纷下跪,老泪纵横:"宫主,你可算回来了!"

方锦按了按额头,问:"这一回,我在人界到底待了多久?"

凤凰一族必须在人界历劫两次,才可涅槃为成年凰鸟。不少凤凰夭折于第一次历练之中,没有长大的机会。因此,方锦的浩劫便独得帝君关注,时常差人庇护。

毕竟是上古鸟兽,谁都不想她灭绝。

而凤凰换骨重生的代价便是:一切历劫的记忆与躯壳全会被来势汹汹的凤凰火烧尽,凤凰一族不会留有作为人身时的情愫。故而,方锦会忘记所有历劫时期发生过的人与事。

这也是为了保证神脉纯正。

不过对于方锦而言,那些事记不记得都不打紧。

以凡人之躯历劫,总归不会有什么体面事,能忘了反倒舒心。

一个侍臣愤愤不平地道:"宫主离宫有几个月了。半个月前,我等见凤凰羽浮上天界,却不见您踪迹,宫中大乱。后来忽现凤凰气息,我们循味而去,才知您被囚在了咸鸾宫!这林渊神君奸诈,竟用咒术封住了您的神识与气息,害得咱们兜兜转转找了好久。"

方锦想起咸鸾宫里的事,猜是兰迦欺辱她时,误打误撞释放出她的气息,这才让侍臣们寻到她。

也不知林渊将她囚禁于宫中所为何事……若是鞭打她、折辱她也就罢了。

偏偏方锦非但没有受伤,活得也还算体面。

难不成,林渊只是有不为人知的癖好,想要玩一玩师徒扮演的游戏?

方锦越想越不明白了。

她皱了皱眉心,打算不想那么多,先好生调养神体再说。

另一边,咸鸾宫内,"林渊师父离异"的消息在弟子们之间流传。

什么"师母娘家人大闹咸鸾宫,将师母带走,而师父痛失爱妻,独自一人躲在寝宫里黯然神伤,避而不见人",一个个说得有鼻子有眼。

林渊确实待在寝宫里,不过他不是在伤感方锦的离去,而是默默饮酒,回忆往事。

约莫是百年前,林渊奉帝君之命,下界照看第一次历劫的方锦。

那时的方锦是一名开了天眼的除妖师,她因口无遮拦得罪了同行,被算计下药。

同行欺她是女儿身,下的是同人合欢才能破解的媚药。

若是不能及时化解,她必死无疑。

原来,人能恶毒至此地步。

林渊怜悯地看了一眼不远处撕扯衣袖、扭动挣扎的方锦,打算回天界复命。

岂料,他刚要走,衣袖便被蹒跚爬来的方锦拽住了。

方锦浑身燥热不堪,脑袋发昏,她拉住林渊的袖子,好似抓住了一根救命稻草。

她勉力睁开眼睛，困惑地望着眼前清丽俊逸的男子，哀求："救我……"

林渊怔忪一瞬，漠然地拨开方锦的手，道："我不能。"

"为何？"

"本君奉帝君之命，不得用神力干涉人界之事。"

方锦即便这一世投胎成人，也有阴阳眼，故而能看出眼前的男子并非人族。她虽不知他目的，可眼下也顾不了许多。

她冷汗涔涔，艰涩地问："不动用神力，便可救我？"

林渊抿唇："算是。"

方锦松了一口气，她支撑着墙，跟跟跄跄地站起身，攥住林渊的衣襟："我无须大仙的神力，只要你一具躯体。反正你是神仙，并无贞洁可言……你我行事，不打紧的。"

她自说自话，已然意乱情迷地扯开了林渊的薄衫。

她没了神志，将脸贴向林渊肌理线条流畅的胸膛，纤纤玉指不安分地触碰他的身体。

"住手！"林渊皱眉，怒斥。

他本想指尖捏个遁地术避开，岂料方锦濒死之际竟复苏了凤凰一族的妖性。

方锦双目赤红，为了防止林渊逃脱，竟化出缚神索，捆住了林渊腕骨，叫他无处可退。

糟了。林渊暗道不好。

他倒不是不能解缚神索，只是时间紧迫，还没等他捏诀脱身，方锦已然风情万种地欺来，低下头，手指嵌住林渊下颌。她触上他薄凉的唇，细细吻去，低语："大仙放心，我会负责的。"

爱也好，恨也罢，她只想纵心火旺盛，燎尽这一场。

············

一夜春意了无痕。

林渊拘谨地拢好长衫，还没等方锦醒来，便离开了人界。

他回天界向帝君复命，声称凤凰族孤女方锦历劫顺利，一切安好。

不日，方锦涅槃重生，回到天界。

林渊思及往事，不动声色地行至方锦面前。他本以为她会满心歉意，谁知她竟装模作样，只道了句："林渊神君，久闻你大名，幸会幸会。来来来，吃酒吃酒，莫要客气。"

她装成陌路人，同他全无瓜葛。

亏得林渊还在想，既有肌肤之亲，是否要携礼上天凤宫求亲。

他虽不喜方锦，可也不愿白占人便宜。

他是凡人出身，知廉耻礼数。

然而，见方锦如今同他生疏的态度，林渊料想是凤凰一族天生神兽，生性倨傲，自视过高，怎会瞧得起他这等肉眼凡胎修成的人仙呢？

也是，算他高攀了。

林渊脸色一沉，冷淡道："本君同你不算熟络，不必同我客套。宫中还有事，本君先行离开了。"

林渊不等方锦作答，已然挥袖离去。

他想起了那日绮丽的情形，她恣意妄为，全无神相，全凭妖兽本能索求，妖里妖气，他怜悯她，任她予取予求。

不料如今竟得此般下场。

在方锦眼中，他一定成了她的饭后笑柄，成了谈资，供她与旁人谈笑风生。

林渊脸色阴沉，默念一句："如愿后便始乱终弃，果真是厚颜无耻。"

方锦在他心中，已然是"渣女"之最，不盼着她摔跟头，难消他心头之恨。

02

翌日，方锦一睡醒，便被仙使召去正殿，面见帝君。

帝君同方锦其实沾亲带故，只是这身份略微尴尬，寻常不摆在台面上罢了。

她的父亲——凤君，是老帝君的私生子，也就是帝君的庶出兄长，同帝君不是一个娘亲生的。因此，她算得上是帝君的亲侄女。

方锦原以为帝君是关怀她历经千辛万苦终破了涅槃之劫，长成了凰女，岂料一见到她，便斥责她跪下请罪。

方锦茫然地看了怒发冲冠的帝君一眼，嗫嚅："叔……帝君为何震怒？"

帝君皱了皱眉心，问："你可记得你初次下界历劫，做过何事？"

"臣女没有人界的记忆，不知自己犯下何等不可饶恕之罪。"

"罢了。"帝君挥了挥月华绸袖，指使仙使，"召林渊神君觐见。"

仙使款款俯身行礼,不过一瞬便化作浑身银芒的蝴蝶,消弭于人前。

一刻钟后,林渊姗姗来迟。

方锦如今跪在殿中,正是狼狈时刻,同他两两相望,很是尴尬。

毕竟谁都不愿自个儿在宿敌面前出丑,奈何上头有位高权重的帝君压制,只得卑躬屈膝,把私人恩怨拎出来,暂放一程子。

林渊着一袭雪山狐毛大氅,不疾不徐地踱来。他依旧是仙姿佚貌的仪容,即便帝君召见,他也维持着那股超凡出世的风韵,未失半分。

方锦较之,相形见绌,不免恨得牙痒痒。

她觉得此人甚装,从前她和玩得好的神二代讨论过林渊每日衣着不俗,端着神仙架子,零星半点都不平易近人。然而,神二代嘴上和她数落林渊的不是,转头便模仿起林渊的衣饰之风。

方锦更恨,折损了一伙酒肉仙友。

林渊轻描淡写地睥了方锦一眼,问:"帝君召臣过来,是有事吩咐?"

帝君亲疏分得很清,在方锦跟前喜怒外露,在外人面前却是不显山露水,只淡淡发问:"林渊神君,孤派你下界督察阿锦初次入世历劫,你为何玩忽职守?"

林渊十指交叠,高举于额前请罪:"臣不懂,还望帝君明言。"

"阿锦初次历劫之时,竟露了凤凰兽性神魂,破了镇压妖王魂魄的结界,致其妖魂四散无踪!"帝君皱眉,看着底下一个含糊其词、一个懵懂迷茫,头疼不已。

林渊听得那句凤凰兽性大发,想起那一夜的荒唐。

想必就是在行那起欲念之事时,方锦妖化不自知,犯下大错。

帝君叹了一口气,道:"若是妖王魂魄离散的消息被妖界得知,借此聚魂,恐怕又是一场浩劫!你们两个是装聋作哑,还是真不知此事利害?"

林渊跪地:"臣知罪。"

方锦见他这么快便反了,不愿让人捷足先登,忙跟着说情讨饶:"帝君,臣女也知罪。"

"罢了。事情既然已经发生,治尔等的罪也无济于事,倒不如让你俩下界收服妖王魂魄,将功补过。切记,不得在凡人面前施咒,扰乱因果秩序,也不得走漏风声,教妖界知晓妖王封印破除之事,以免引来浩劫!"

方锦听了帝君这话,心道:这是要她强行和林渊组队打怪?

不可,万万不可!

方锦一拍胸膛,做凛然之状:"帝君,不必林渊神君下界,独臣女一人便可担起重任!"

帝君冷笑连连,道:"那你可记得你在人界都途经何处,做过何事?"

方锦讪讪一笑:"不大记得。"

帝君又望了林渊一眼,道:"林渊神君,你可知晓阿锦历劫修行之处?"

这是要问罪,林渊即便不大明了,也得恭顺地答:"臣自知有渎职之罪,却也还知晓凰女历练所及之处。"

方锦看了一眼道貌岸然的林渊,悟了。

所有能给她添堵之事,林渊神君在所不辞。

帝君悠悠然道:"况且,爱卿受封为神君,也是因剑脊屠杀妖王之故。你熟知妖王秉性,派你同阿锦前去收服妖魂,最为合适不过。尔等即刻启程,不得有误。"

"是。"方锦乖顺地应下。

"臣,领旨。"林渊也遵旨。

出了正殿,方锦似是想起了什么,问:"当年镇压妖王的天下第一剑,竟是你?"

林渊眼风冰冷,扫她一眼:"不像?"

"倒也不是。"方锦摸了摸小巧玲珑的鼻尖,一哂。

她原以为林渊封神,该是琴棋书画造诣超凡脱俗,至多也就是几世功德满贯,这才填了封神榜的缺。

毕竟他如今只是侍弄花草的咸鸾宫仙师。

岂料他看着人畜无害,竟是手执神剑,以一己之力歼灭妖王的血性人神。

方锦听过那位屠戮妖王的凡人,明明是血肉之躯,却能手执一剑,单枪匹马地杀上妖山。那般果敢凶悍,令人钦佩。

天界安居乐俗的神二代诸多,可他们仙术凋敝,早已没了上古洪荒旧神的风采。

林渊冷漠地问:"你问起这个,有事?"

方锦一抖,连连摆手:"没有没有。"

要不,她大人有大量,同林渊化干戈为玉帛算了。

真打起来,她未必是林渊的对手。

思及此，方锦讨好地笑："你我此番一起下界同甘共苦，也是缘分，总闹得乌眉灶眼，不大好看，有失仙度。要不这样，你我先前的恩怨，就此一笔勾销吧？"

　　"不好。"

　　林渊，该死！

　　方锦哑巴了，闷头朝前走去。

　　还没行两步，林渊喊住她："本君也有事想问你。"

　　方锦狗腿地道："您讲，您讲。"

　　"你不记得你在人界历劫之事？"

　　方锦摇头："我知晓涅槃的瞬息，却没有身为凡人时的记忆。毕竟我是上古鸟兽，兽脉所驱，不可能保留人脉。"

　　她说完这句，引得林渊垂首，若有所思。

　　见状，方锦生怕自个儿冒犯了这位杀神，急忙辩解："我没有看不起人族的意思，你不要多想……"

　　"无碍。"林渊喜怒不惊，教外人觉察不出他的心事。

　　方锦如醍醐灌顶一般，想起帝君在殿内所说的事，她犹豫地问出口："我听帝君说，你曾督看过我历劫。是否在那期间，我做了什么得罪你的事？"

　　若真如此，方锦便知他无缘无故的恨意是何来处了。

　　林渊呼吸一滞，微微眯起眼。

　　方锦舔了舔下唇，道："应当只是一些小打小闹吧？神君莫要记挂在心上。"

　　"是吗？"

　　林渊讳莫如深的质问声，叫方锦心里七上八下的。

　　还没等方锦再问，林渊就先一步开腔了："本君记得，你乃是凤凰神族一脉单传？如今仅剩下你一只凰女了？"

用什么词不好，非要论"只"，好似她就是个随手可抓的鸡鸭一般。

方锦语塞，不敢同他计较，便道了句："倒也是神君说的这个意思……"

"不怕绝后吗？"

他竟操心起她凤凰一族的繁衍之事，让方锦吃了一惊。

还没等她咂摸出什么韵味来，方锦脱口而出："凤凰一族因情专，一世只寻一位爱侣，故而子嗣不旺。我意欲振兴凤凰神族的宏图大业，故而也会改一改旧时礼制。"

"哦？这事儿还能振兴？"林渊显然是没有灭绝凡人本性，十分八卦，这起子房内事也要打听一二。

方锦不敢同他计较，耐心解释："我欲广开后宫，寻一大批能提供无上血脉的俊俏神君，为凤凰神族的血脉延绵一事做贡献。"

闻言，林渊无语。

半晌，他漠然道："好色便是好色，何必说得冠冕堂皇。"

"哦。"方锦蹙眉，"看来，神君对此颇有微词。"

林渊不知在顾虑什么，低声辩驳："我本就是凡人出身，自是看重礼义廉耻，不像你这般孟浪。"

两人各执一词，方锦也就不再同他多言了。

两人并排行至半道上，林渊忽然发问："你们凤凰一族……从种族多样性考虑，爱侣能接受人族吗？"

这话把方锦问愣了，她思索一番，道："咦，大鱼大肉吃惯了，你提的这等清粥小菜，也有几分意思。"

不过一瞬，方锦像是想到了什么，难以置信地望向林渊："林渊神君的意思，难不成是怜悯我族人口之凋败，想同我有首尾……"

"宫主慎言。"林渊冷眼斜了她一记，"不过是怕你此番下界，明里当差，暗里猎艳，对我人族同胞下手，故而事先提点罢了。"

方锦委屈了，嘀咕："我也没有饥不择食至此地步。"

两日后，方锦和林渊下界。

为了避免驭云而飞太过打眼，他们是歇落至一处荒山野岭的某个坟头之上。

踩踏了旁人的坟包，还没等方锦收脚，便有一只黄鼠狼从后头滚出来，叉腰对方锦吆五喝六，道："敢对黄大仙不敬，老夫定然饶不了你！"

没等这只毛茸茸的黄鼠狼抖威风，方锦就目露喜色，将其拎起来，邀功似的同林渊道："夜里吃烤鼠吧？"

她把黄鼠狼认作了鼠辈，真叫人头疼不已。

林渊睨了一眼这只精怪，问："你竟还要进食吗？"

方锦闻言，揉了揉鼻尖，羞赧道："我是鸟兽出身，不像你们这样的神，能习得辟谷之术。虽说饥渴几日不伤我神体根本，可也叫我心情憋闷，郁郁寡欢。"

林渊不知想到了什么，嘴角微掀，凉凉一笑："怪道欲念如此之重。"

"嗯？"方锦不明他话中意思，正要深问，手里的小妖精被林渊夺走了。

他想吃，也不能明抢呀！

方锦着了急："我烤后，分一大半皮肉给你还不行吗？"

林渊叹气，道："他好歹有百年修为，饶他一回吧。"

方锦哑然，竟不知林渊也有这等好心肠的时刻。

难道他其实是个深藏不露的好神仙，只是平日里习惯冷肃，故而招致诸多误解？

"行吧。"方锦摆摆手，摆出慈悲为怀的神仙模样。

黄大仙感激涕零，两只小爪交叠着抵在胸前，道："多谢这位仙人救命之恩！"

说完，黄大仙便想溜之大吉，岂料没跑远，尾巴就被林渊踩住了。

黄大仙颤颤巍巍地回头，问："仙、仙人不是说放过老夫一回吗？"

林渊眸色森然，道："她放过你，本君还没有。"

黄大仙：糟了，中计了！这厮比那姑娘还要阴晴不定！

方锦拊掌，赞叹道："我懂了！神君这是要威逼他、恐吓他，待他满眼绝望，再美滋滋地将他烤了去！不仅要满足五脏庙的需求，还要知足于心上的愉悦！高呀，竟是我从未设想过的方式……"

林渊斜方锦一眼，一句话都不想多说。

他冷淡的眉眼继续转向黄大仙，问："你明明只有百年修为，为何身上妖力剧增？是谁渡给你的修为？"

黄大仙没想到林渊能察觉到这一点，一时间支支吾吾。

林渊轻笑一声，同方锦道："你是喜欢清蒸，还是红烧？"

方锦已然捏诀幻化出一堆袅袅升烟的柴火，笑吟吟地道：

"山野炙烤，风味最佳！"

黄大仙的一脉魂魄都要被吓出体外，他心如死灰地道："好吧，老夫说便是了。是前头的狐妖渡给我的妖力，她要我引诱村民前往暗处一探究竟，再将其拆吃入腹。"

说到这里，黄大仙战战兢兢地讨饶："两位大仙，虽说我同狐妖狼狈为奸，可我却从未杀过生，还望两位手下留情……"

林渊问到了话，"唔"了一声，松脚，放跑了黄大仙。

方锦正忙着化风燃柴火呢，一见食材跑路，当场呆若木鸡。她结结巴巴道："你把伙食放跑了？那、那咱们晚间吃什么？"

林渊道："我习过辟谷之术。"

"我呢？"

"饿着。"

方锦语塞，觉得这宿敌确实不大好相与。

她刚要独自离去，四下搜罗晚餐，却被林渊抬手拦住了去路。

林渊皱了皱眉心，道："罢了，若放纵你出去，保不准又用仙术闹出阵仗。你且在此处等着，我为你寻吃食。"

"多谢神君。"方锦朦朦胧胧地想，或许林渊也不是那等大恶人吧。

这个念头止于林渊逮了一只野鸡架在火上炙烤的那一刻。

方锦双手交叉，抵在下颌处，暗暗思忖。为何林渊给她准备的吃食，偏偏是一只鸟禽？这是在暗示她、威胁她吗？

她看着被猩红的火苗舔舐得油光水滑的焦黄脆皮烤鸡，咽了咽唾液，决定不再多问。

虽说林渊烤鸡此举饱含深意，可方锦还是吃得津津有味。

吃别人的嘴软,拿别人的手短。

方锦决定和林渊套近乎:"说起来,神君知晓妖魄下落?"

林渊:"不知道。"

"那你为何在帝君面前信誓旦旦地做出承诺!"方锦风中凌乱。

她觉得,这一回,她被林渊坑惨了。

林渊掀了掀眼皮,寒凉地道:"若帝君问起,我三不知,岂不是会被降罪?"

这厮深谙官场之道!

"阴险!"方锦比了个蔑视意味的小指。

"你说什么?"林渊抬眼看她,语气不善。

方锦面色温柔,立马迷花眼笑:"真是有急智。"

"嗯。"林渊大度,放她一马。

方锦食不知味,生怕回天界一事受到拖延,让她在凡间吃苦。她蔫头耷脑,道:"那我们怎么办?沿途问妖魄行踪吗?"

林渊怎么也没想到,她会提出这样一个笨办法。

他扶额,道:"若是如此,定叫妖界的人知晓风声。你别想了,我自有法子。今日那只黄鼠狼身上有古怪的妖气,我猜想或许与妖魄有关,且去瞧瞧吧。"

方锦欣喜若狂:"不愧是神君,竟在短短几日内想出了对策!"

"不必拍本君马屁。"林渊不怀好意地道,"明日,还得委屈你做一回诱饵。"

"……什么?为何你不去,独独我来?"方锦"石化",决定在心中继续诅咒林渊。

林渊那张清丽俊逸的脸流露了一丁点笑意。

从来都是肃然一张脸的男子，偶尔一笑，颇具风华绝代风韵的同时，也有些瘆人。

方锦望着他的祸水脸，听他颇有深意地回答："狐妖喜吸人精气，诱她者，定然会有肌肤之亲。本君洁身自好，不愿同女子粘缠。而你，不一样。你水性杨花，着她的道，将将好。"

方锦一时语塞，不知林渊为何会对她有这样天大的误解。

难不成她翻阅独身神君小像，企图从中挑选贴身侍从的消息，被人暗下散布出去了？

不好，天凤宫，有内鬼！

03

这一夜，方锦睡得极好。

她原本以为在深山老林里风餐露宿，却没想到入梦时竟让她寻回一丝天凤宫的温暖。

方锦迷蒙睁眼一看，却是她趴在了林渊那温热的膝上。

也不知是何缘故，林渊居然不躲，任她欺辱，想来是对她今日要做诱饵一事极其愧疚。

方锦战战兢兢地起身，正要去溪边洗漱，便听得林渊在身后懒洋洋地问："昨夜睡得可好？"

方锦汗颜："尚可。"

"呵。"

方锦为了缓解尴尬，道："仔细想来，神君也是个大好人。不仅为我寻吃食，夜里还供我膝枕，哄我入眠。"

林渊凉凉地道:"本君不是自愿的。"

方锦无言。

"我是被你胁迫的,你道,若我不愿供你倚靠,便要投湖不起,溺死在其中。"

"真的?"

"嗯。"

他不似说谎的样子,惹得方锦异常尴尬。

许是林渊身上散发出独身神君的好闻气息,她半梦半醒间邪念四涌,把持不住。

方锦嘀咕:"我是神,怎可能被溪水溺死?这等话,你也信?明知我不会死,还纵我睡在你身上。"

她似是悟出了什么,艳丽的面容浮现可疑的红晕。

方锦抛媚眼:"神君,你未免太宠我了吧?"

林渊没想到这位神女脸皮能如此之厚,他抿了抿唇,岔开话题:"时候不早了,先去查探狐妖踪迹吧。"

因为被她道出了真相,所以他急于灭她的口吗?方锦一拍大腿,掩耳盗铃吗?那她可太懂了吧!

她正要说话,林渊堵住她的嘴,将她扛上肩头,一道儿飞往前头的村落。

村子不大,窄细的田埂依稀出现人影。

那是一行身着白色丧服、手持招魂幡的村民。他们沿途叫魂,撒着纸钱开道。

方锦嗅了嗅气息,道:"好浓的狐狸味。"

林渊道:"想来这就是那只黄鼠狼所说的村庄。"

方锦上前一步,揪住哭得梨花带雨的妇人,问:"大娘,你们这儿是不是出了什么狐妖作祟的怪事？"

大娘一愣，道："两位是邱山来的道门修士，特地为我等降妖捉怪的？"

这倒是个可以大展拳脚的好由头。

方锦忙不迭点头："正是正是！"

岂料，大娘听了这话，眉头紧锁，道："两位还是快些离开吧！此处不宜久留。不瞒你们，前些日子，青山的道士来帮我等除妖，来一个死一个，来一双死一双，最后连他们师父都搭上了，短短三日就被灭了门！"

闻言，方锦回头，同仙风道骨的林渊嘀咕："这大娘还挺有良知，让狐妖灭了人家满门，才提点咱们莫要除妖，免得又搭上一家子。"

林渊看了方锦一眼，不知说什么好。

半晌，他冷冷地问："狐妖一般在何处行凶？"

见这一对郎才女貌的道侣不听劝告，一意孤行要同狐妖作对，大娘也不再阻拦，指着不远处的茅房，道："狐妖夜里会特地来给蹲坑的人送纸，若是不慎接过她递来的物件，便会惨遭毒手。"

方锦纳罕不已，问道："不接不就好了？为何这么多人中计？"

大娘长叹一声，道："平素村民都用竹片、方石，鲜有人家用得起草纸、绸绢……况且，狐妖真要索命，又如何能敌？"

方锦懂了，原是这狐妖很懂得乘人之危。寻常人怎能敌得过这般诱惑？

待月黑风高夜，林渊派出方锦往那气味甚重的茅房走去。

方锦此番牺牲很大，她堵住鼻腔，收敛去身上仙气，等着狐妖露面。

这一等便是好几个时辰，方锦都险些在茅房睡着。

就在她昏昏沉沉之际，耳畔忽然传来一阵阴柔邪魅的女子软调儿："你要红纸、绿纸，还是你那血淋淋的断指？"

这声调里满是浓郁腥臭的妖气，几乎无孔不入，径直缠上方锦周身。

方锦睁开眼，只见面前倒挂着一颗尖嘴的狐狸头，吓得她呼吸一滞。

方锦手中掐诀，显出真身。她额心满是光华夺目的红纹，衣下生风，白雾四起。

方锦挥袖破开茅房，直跃上天。

那狐妖被方锦的气流一震，反应过来。

狐妖抬手按住鼓鼓囊囊的胸口衣襟，喷出一口血来，恼怒地道："哪路仙家，竟也看得上小妖这等修行，要来同我作对。"

狐妖道行不足，飞身想逃，却不晓得螳螂捕蝉黄雀在后，林渊早已立于月下枝丫处，掌心聚起熠熠生辉的蓝色光球，等着她自投罗网。

狐妖见状，自知死期不远。

还没等方锦和林渊夹击，她遁入地心，往密林钻去。

方锦讶然："不好，她跑了！"

林渊冷冷地道："追。"

在捉妖一事上，两人还算默契十足，不过几个潜行，已然跟着狐妖来到一处嶙峋山窟。

方锦越想越不对劲，问："她不过是一只狐妖，明知敌不过，为何执意逃窜？要是被我等抓住会死无葬身之地，倒不如跪地求饶。"

林渊嗤笑一声，道："敢负隅顽抗，自是有底牌在身。恐怕那洞穴内，有她的致胜之宝。"

方锦愁眉不展，循着狐妖的气息而去。

山窟里，果真一片煌煌光瀑，那光华所至之处，邪气弥漫。

有一柄蛇纹长剑径直插在乱石之中。

而狐妖一见此剑，就好似痴狂了一般拥了上去。

她回头，恼怒地瞪向方锦，口中呢喃："神剑啊神剑，有拦路者阻我修行之道，我愿以此身献祭于你，只盼你助我杀敌，寻得生路。"

她话音刚落，长剑凛冽的刃面就破开她的肌肤。鲜血淋漓，狐妖任由妖剑源源不断地吸收她的血液。

方锦从未见过这等邪物，一时间怔忪在原地。

她以为那功力不断增大的妖剑会吞噬狐妖，岂料它吸食一回妖血后，便反向将修为输向狐妖。

狐妖浑身扭曲，身上裹挟的黑气越发浓郁。

她妖法大增，生出三头六臂，那些手足破开衣物，完完全全变成了妖气极浓的怪物。

她一边狞笑着，一边气势汹汹地朝方锦扑去。

压迫感直逼面门，几个来回尚好应付，可就在方锦错身避开的一瞬间，狐妖的一只粗壮臂膀猛然押长，刺入方锦的后背。

方锦怎么都没想到，自己会被一只狐妖所伤，她仰头喷出一口血来，眸色泛红。

方锦被激怒了，她兽性发作，正欲反击，却被负手而来的林渊护于身后。

"你敢伤她。"林渊面向狐妖。

他语气淡淡，可嗓音中的肃杀之意却不容忽视。

他似是生了火气，所踏之处都起了无数凝结成冰的霜雪，寒意泠然。

狐妖舔了舔手上的鲜血，笑道："我不但要伤她，还要杀你！我有神剑护体，尔等即便是仙家，也插翅难逃！"

狐妖浑身上下煞气缭绕，她仰首长啸一声，要朝林渊飞扑而去。

谁知，林渊一个抬臂，那柄来历不明的长剑竟似感应到主人召唤，光芒万丈，猛地朝林渊所在之处窜来。

顷刻，蛇纹剑贯穿了狐妖的胸腔，将她斩杀。

一时间，妖血四溅，溅满了洞窟。

狐妖妖核碎裂，难以置信地看向林渊。

她仿佛反应过来什么，瞠目结舌地呢喃："你身上……有妖王之气……"

"聒噪。"林渊低语，一剑刺下，给她一个了断。

方锦震惊地看着林渊手中的雪光长剑，明白过来："这蛇纹剑……难道是妖王的渡渊剑？"

林渊意味深长地看了方锦一眼，静默很久，才承认："不错。"

怪道她不敌狐妖，原是妖王之物。

"它怎会臣服于你？"

林渊慢条斯理地道："许是我击败过妖王，渡渊仰慕强者，故而视我为新主。"

"这样呀。"方锦迟疑地点头。

"嗯。"林渊踢了踢足下的狐狸骨,"这畜生妖力大增,恐怕就是渡渊在其中作祟。好在你我赶来将其收服,如若不然,再晚三五个月,这一片村落恐怕都会毁于剑下。"

方锦连连蹙眉,骂:"此等邪物,不趁现在将其销毁?"

闻言,渡渊一抖,忽然化作一条小白蛇,绕到林渊腕上,对方锦破口大骂:"小娘皮,竟敢在我主子面前阴我!"

渡渊不愧是在人界封存了千万世的邪物,这一口人间污话用得炉火纯青。

方锦被小白蛇骂蒙了,好半晌才回过神来反击:"小白,你嘴怎么这么脏?也忒没家教了。"

小白蛇一听,更恼了,吐着芯子,怒目相视:"吾名渡渊!小娘皮,再敢乱喊,我吃了你!"

方锦无奈地耸肩,巴巴望向林渊,娇声道:"阿渊,你管管呀。"

这一声爱称喊得林渊身子骨一僵。

即便狗仗人势,也不必特地同他撒娇吧?

林渊被这两人吵得头疼,睥睨了渡渊一眼,道:"小白,不得无礼。"

"是,主人。"这名儿在林渊清洌的嗓音里就变得极为动听,渡渊长叹一口气,应了。

于是,渡渊正式更名为小白。

有时候,一个人改名换姓是无须因果缘由的,全靠人口口相传。

小白的蛇身拉得细长,忽然绕到方锦肩上细嗅:"等一下,你身上怎会有如此浓的主人气息?"

方锦被小白问倒了,想起昨夜的事,她支支吾吾:"可能是昨晚与你主子同眠的缘故。"

她怕旧事重提惹得林渊记仇,忙岔开话题:"你这法器怎的如此碎嘴?没旁的事可以做了吗?不如把村口的大粪挑了。"

小白置若罔闻,自言自语:"不对啊,主人的气息怎会在你身体深处,难道……"

小白还没来得及贴上方锦脖颈窥探,就被伸来的修长五指掐住了喉咙,硬生生地拽回来。

林渊一双凤眼满是寒意,冷若冰窟,凉凉地道:"今夜吃蛇羹可好?"

方锦抚掌笑道:"这敢情好!"

夫唱妇随,居心不良。

小白蛇尾一颤,顿时败下阵来,瑟瑟发抖,不敢言语。

很快,"一对不知来历的恩爱道侣降服狐妖"的事立马传遍了村落。不等林渊和方锦下山,便有村民执着火把,前来寻他们。

朴实的村民宰了一头猪,置办荤宴,招待林渊和方锦。

林渊厌恶肉食膻腥味,不愿前往,岂料方锦饥肠辘辘,拽着他的衣角,道:"阿渊,村民们盛情难却,我等不好辜负,还是一道儿同往,吃三两口宴席吧!"

林渊听得那声酥麻入骨的"阿渊",静默了许久。

他艰涩道:"你套近乎的功力越发娴熟了。"

方锦明白过来，干笑："喊神君，不就暴露咱俩仙家身份了吗？说好了要掩人耳目，自然得好好执行。况且，你我经过一场生死之战，险些命丧妖王剑之手，在这一场战役中，咱们奠定了仙友情谊。好歹有情分，往后再这般生疏，我会寒心的。因此，我喊你'阿渊'吧。你不嫌弃，亦可喊我的小名'锦锦'。"

她说的话有几分道理，林渊思忖一会儿，便也接受了："锦锦，有一事，本君不知当不当讲。"

方锦很欢喜她同林渊的关系有进展，至少不会闹得剑拔弩张，那么他也不会特地来天凤宫干架了！极好。

方锦笑着答："但说无妨。"

"被打得半死不活之神，是你。"

方锦的笑容僵在脸上，她忽然觉得，她讨厌林渊，是真有理由的。

不过好在，林渊倔虽倔，却听从她的安排，与她一道儿进村，和村民们喝酒吃筵席。

林渊只喝了几口米酒，不大多话。

倒是方锦为人随和，很快和村民们打成一片，甚至已经开始学算命先生，给人摸骨看相了。

林渊见她摸的全是肌理健硕的农家汉子，眉心微微蹙起，略有不满。

不过他也无甚立场干涉人的独特喜好，因此作罢。

这时，小白绕到林渊肩上，悄声问："主子，你要找的人，就是她吗？"

林渊瞥了小白一眼，淡淡道："莫要多事。"

"是。"小白偷偷地咬了一口猪蹄，又钻回林渊衣袖里长眠了。

方锦闹过一程子,回到席间,同林渊道:"此处民风淳朴,不枉我辛苦除妖,护此地安宁。"

"听你一句话,就敢脱衣光膀子,任你揉捏,是够淳朴的。"林渊嗓音很冷,意有所指。

方锦没明白他话中深意,只当他是妒恨她在人族中声望较高。毕竟林渊当年斩杀妖王,封为人神,理应建庙供奉,可这些凡人却无一人识得他。

他心里该多苦闷呢?怪不得坐在此处借酒消愁。

方锦感慨了一番。

她板凳还没坐热,不远处,有一名头戴绒花的娇弱姑娘直奔他们而来,哭哭啼啼地跪在跟前:"道姑、道长,求求你们帮帮小女,给小女指一条活路吧!"

林渊成仙之后,摒弃喜怒哀乐四种人根,冷淡得紧。

还是方锦怜香惜玉,忙弯腰搀起了小姑娘,问道:"怎么回事?"

姑娘捏住袖子,擦拭了一番眼角泪水,道:"小女是从隔壁村过来的,名叫阿娇。听闻此处今晚来了两位神通广大的修士,除了作恶多年的狐妖,特地来求助于二位!小女的村子里有一只玉树临风的鲛人精怪,每三年便要一位未经人事的女子献祭入海,当他的姨奶奶!"

方锦问:"要是不献祭,会如何?"

"若是不从,鲛人精便会兴风作浪,掀翻渔船。要知道,捕鱼就是小女一村子人赖以生存的活计,这是要砸人饭碗,可怎么办才好!小女帮家父收渔网时,被这精怪瞧中了,点了我作为明日献祭的女子！小女心里实在没了主意，这才求到两位道长身上！"

"你畏惧他？"

阿娇忸怩了一阵，道："那倒也不是，鲛人精样貌出众，还算俊俏。"

方锦没那么多凡人的心性，不能完全理解"强取豪夺"之屈辱。

她纳闷地问："既如此，那你为何这般抗拒？左右也不伤性命吧？"

阿娇结巴了一会儿，低声道："道姑不知，我和二牛哥有了私情，已不是处子之身了。"

方锦呆滞，干笑道："哦……那民风是挺开放的。"

林渊听了半天，忽然对方锦道："她身上有妖王魂魄的气息，或许与那一位鲛人精有关。"

闻言，方锦左思右想了一会儿，道："上苍有好生之德，你既这般苦闷，我就帮你一回吧。只是鲛人精明早就要来拿人，时间紧迫，一时半会儿也很难想出对策。"

林渊："我有一计。"

"嗯？说来听听。"

林渊轻描淡写地扫了方锦一眼，道："既是出嫁，必然会披红盖头。不若就让锦锦扮作新嫁娘，混入海中，将鲛人精除去。"

凡是危险的事，都是方锦首当其冲。

方锦咬牙切齿道："凭什么又是我？你不知晓要庇护姑娘家吗？偏偏逮着我的鸟羽薅？"

"在本君眼里，你算不得女子。"林渊冷笑一声，接着阴阳怪气道，"况且，不是你说要广纳后宫，开枝散叶吗？这鲛人精貌美，也算得上青年才俊，符合你的择偶喜好。我有意推你一把，纵容你成为他的新妇，你不谢我，反倒怪我？"

方锦蹙眉，喃喃："在你眼里，我就是这么一个处处留情、水性杨花的女子？"

她说这话时语气平淡无波，教人猜不出她的心绪。

是恼怒了吗，抑或是不满？

明明此前她还和那些农家汉子眉来眼去，对他视若无睹不对吗？

这话不是正中她下怀吗？

林渊余光扫了方锦一眼，总觉得她此时气焰式微，较之前不同。

好似是他言重了。

林渊抿了抿唇，弱了气势，小声道："我只是……"开个玩笑。

岂料他话还没说完，就被方锦握住了手掌，感激涕零地道："还是阿渊懂我。"

林渊额头青筋一跳，满肺腑歉意在顷刻间烟消云散。

第二章
多情却被无情恼

01

今晚，他们十分忙碌，前脚刚吃完村民众筹的猪肉席面，后脚就要上隔壁渔村里斩妖除魔。

方锦同村民们缔结了良好友情，握住他们的手，依依惜别。

唯有林渊不为所动，先一步跟着阿娇行至村口，等方锦过来。

暮色沉沉，他忽然嗅到了一股子浓烈的妖气，定睛望去，阿娇的裙摆之下，好似伸出了一条颤巍巍的鳞片长尾。

还没等他辨个分明，这一条细小的尾骨就钻入衣中，不见踪迹。

竟能隐蔽妖气至此地步，这女子究竟是谁？

林渊意味深长地眯起眼眸，微微扬唇。

方锦快步追上来，道："阿渊，你怎的走得这样快！不等等我！"

林渊看着气冲冲的方锦,想同她说阿娇的端倪,可转瞬之间,他想到她此前做的荒唐事,生出一丝报复的私心,没有特意提及。

林渊冷淡道:"是你非要同这些人掰扯,耽误行程。那些人……左右都不会再见面,何必深交。"

方锦眨眨眼,道:"怎会不再见面呢?他们保不准今后都会成为我麾下的善男信女!"

"嗯?"

"嘿嘿嘿,我在哄他们给天凤宫宫主建庙呀!"方锦凑过去,朝林渊挤眉弄眼,"我说了,天凤宫宫主方锦凰女神通广大,普济众生。然而世人不知她神力,没有香火供奉,不好帮人完成凤愿,若是建庙烧香,日日参拜,可镇宅发财!"

"所以,你此前替人摸骨推算命格,是为了香火鼎盛?"林渊语塞。

"当然啦!不然谁有那么多闲心给人推拿筋骨!"

林渊顿了一下,罢了,随她去吧。他懒得再说。

方锦朝前走了半步,忽然回头,犹豫着问:"阿渊,你不会以为我看上村里那些年轻人了吧?"

林渊足下一趔趄。

方锦喃喃:"我这人呢,最讲义气。你说过不喜我对人族同胞下手,我就绝不会寻人族作为爱侣的。绝对不会哦!"

方锦满心以为,这样一番话会教林渊称心如意,他定然欢喜。

岂料她掷地有声,却字字泣血般地敲击在林渊心上,此君一如既往阴晴不定,此时的他语气森然,甚至还带了几分咬牙切齿的冷漠。

"随你。"

方锦默然。

不知她又哪里惹到林渊了,一时间战战兢兢,私底下嘟囔:人仙六根不净,心性乖戾,真是很难哄呀!

到了阿娇的村子,渔民正在浪潮汹涌的渡口摆瓜果供品。

腥咸的海风袭来,吹得火苗颤动,有种难言的诡异感。

他们见阿娇如期回来,还领来了降妖除魔的道侣,纷纷松了一口气:"回来就好,回来就好。"

不然遭殃的可就是整个村子了。

方锦忽然有点同情阿娇了,毕竟在村民眼中,她不过是个能平息鲛人精怪怒火的祭品罢了。

林渊瞥了一眼方锦,好似能读出她的心声一般,道:"不如可怜可怜你自己,要替死的可是你。"

方锦不以为然地摆摆手,道:"我好歹是凰女,区区鲛人精都斗不过,太折损我仙家颜面了。"

见她这样有自信,林渊也稀得搭理。

确实,精怪再怎样道行高深,也很难打赢天生上等灵根的神明。

这是与生俱来的阶级碾压,谁都不能幸免。

阿娇带他们回了篱笆小院。方锦见院子里晒着的菜干泡在水里,已然潮湿了好几日,还无人将其收入屋中,她不免生疑,问阿娇:"你们晒菜都不收吗?这都被雨淋湿了。"

清贫的人家,不都很珍惜粮食吗?怎可能这样糟蹋。

阿娇有一瞬惊慌,她忙端起竹籤箕,埋怨:"啊,都是我爹忘记收了!不说这个了,咱们进屋吧。我置备的一套嫁衣,还不知合不合道姑的身呢!"

确实,若是不合身,明日如何假扮成阿娇,蒙混过关呢?

方锦的注意力马上被红嫁衣吸引过去,天宫之中,用料贵重的鲛纱仙缎数不胜数,这人界的嫁衣还是头一回上她身。

阿娇就着微弱的烛光,将嫁衣捧了来。

她叮嘱了方锦和林渊明日献祭的时辰,自个儿先行去旁的屋子休憩了。

方锦小心翼翼地摸着钿璎珍珠累累的摇冠霞帔,一本正经地问林渊:"这个如何穿?"

林渊扫了一眼,反问:"你不会穿衣吗?"

"平素都有仙使为我更衣,鲜亲自动手。"方锦摸了摸鼻尖,羞赧地道,"你是凡人出身,还在人界活过一世……应当娶过妻,对此物不陌生吧?"

林渊怔忪片刻,沉吟道:"我并未有过妻室,也从未穿过婚衣。"

方锦被他这话震得失语,隔了很久,她才回过神来:"你……竟是童身?"

"不是。"林渊想起方锦厚颜无耻强迫他的那一回,似是恼羞成怒,语气颇有些重。

方锦判断失误,又呆住了。

她还挺好奇林渊这样的清冷神君也有被爱欲迷得七荤八素的时刻,没忍住,小声问:"你头一回……是和谁呀?"

林渊从来都是喜怒不惊的姿容,头一回露出少许火气。

他冷声道:"你会不会太多事了?"

"我这不是好奇嘛。"方锦羞怯地道,"你我这么相熟了,我也告诉你一个秘密好了。其实……你别看我老到,我也从未亲近过独身神君,不大懂那起子男女之事。"

这话倒是让林渊始料未及。

林渊原以为她那般老练,该是个中老手,谁知晓……

这事聊起来让人怪尴尬的。

林渊垂下眼睫,避开了女子探究的眉眼。

他轻声说:"你既然想穿,我教你便是。无非是衣裳和首饰,穿法大差不差。"

林渊挥了挥衣袖,万千银芒涌向方锦,将她周身衣物换了个遍。

黛色的眉、朱砂的唇、秋波的眼……女子朱唇粉面,妍姿艳质,无一处不精致,勾得人心驰神往。

方锦像是得了什么有趣的玩意儿,娇声笑开。

她在林渊跟前旋了旋,裙摆微扬,携来一阵小香风。

方锦眉欢眼笑地问:"阿渊,我好看吗?"

明明她着婚衣的容貌极为惊艳,林渊却偏不如她的愿,助长她嚣张的气焰。

于是,林渊昧着良心,道了句:"一般。"

林渊的话不大顺耳,方锦也没往心里去。

方锦和林渊分榻而眠,一个睡地上,一个睡床上。

无疑,她是睡榻上的。

这一点,方锦觉着林渊还是很有君子之风,对他好感剧增。

若不是他夜半同她说鬼故事的话，方锦或许会更感激。

他说："锦锦，你如今这个模样，让我想起了一个民间传说。"

方锦闻言，立马单手撑头，洗耳恭听："哦？说来听听？"

林渊微笑，这一笑倾倒众生。他道："鬼嫁娘。着婚衣入睡者，夜半会有鬼怪来掳人，结为冥婚。"

方锦打了个寒战，她自小便怕面皮丑陋的精怪，故而从不下界玩耍，历劫也是被逼无奈才去的人间。

林渊见状，心觉好笑："你是神，为何怕鬼？"语气里有浓浓的轻视意味。

方锦皱眉，反唇相讥："你是人，为何不怕鬼？"

许是她这个问题太刁钻了，惹得林渊哑了声音。

半晌，他自言自语："我见过比鬼更可怕的事物。"

"什么？"

"睡了。"

方锦嚷了半天，林渊都没动静。一探头，他果然睡过去了。

方锦自讨没趣，悻悻然爬回来，仰面睡了。

待方锦气息平稳，坠入梦乡，幽暗的夜幕中，林渊睁开了眼。他望了一眼榻上戴着步摇珍珠婚冠、着殷红婚服入睡的方锦，无奈地叹了一口气。

果真不会穿，也不会脱吗？

林渊指尖微动，一道辉光闪过。方锦那头乌黑浓密的青丝从发饰的束缚中得到释放，悉数倾泻下来。

女子长发乌黑油亮，月下泛起辉光。

林渊瞧着眼热，想探指去捻一捻发梢，终是没有动手。

他也睡下了。

只是这一回,他睡了,倒不如不睡的好。

他又梦到了焰火如红莲的人间地狱,他双目泣血,被泡在玄冰池里奄奄一息。

修为高深的妖僧,手执一柄拂尘,朝他走来:"不愧是天生剑脊,你这具躯体居然已经能承受玄冰池的寒毒了!只要再将你历练七七四十九日,便可取你脊骨锤炼剑器,助我降妖除魔。"

说来可真是讽刺。

降妖除魔为的就是保护凡人,可偏偏所使的法器,是用一个肉眼凡胎的孩子的脊骨锻造的。

他要如何取骨?如何将嶙峋的骨鞭连根拔起?

还不是想杀人……

林渊怒火中烧,奈何年幼的他并不是妖僧的对手,只能隐忍不发。

少时的林渊寄人篱下过着苦日子,帮家中务农做饭,伺候老小。他这样努力讨好家人,却还是被卖到妖僧手中。

只因妖僧给了他的家人十两银子。

家人分明知晓妖僧不是好人,可看在钱的面子上,仍是将他卖了。

林渊落在妖僧手中,受他折辱、受他摧残。

林渊不明白,明明妖僧也是人,为何要杀人;他待家人不薄,他们又为何抛弃他。

人啊,都是道貌岸然之辈……他深深恨着人族!

梦境至此,戛然而止。

林渊施施然睁开眼,却见面前是方锦的脸。她忧心忡忡地凝视他,见他醒来,欢喜地笑:"阿渊,你醒了呀?"

方锦没有绾发,一头如墨长发垂落,触探着林渊鼻尖,好似挠在心尖尖上,叫人发痒。

阴郁的梦散去,他一眼看到方锦明媚的笑颜,即便不待见她,也稍稍有些安慰。

林渊起身,问:"什么时辰了?"

方锦瞥了瞥窗外,道:"约莫是寅时,还早。你是做噩梦了吗?怎一头冷汗?"

林渊身体疲惫,嗓音沙哑:"无事。"

"我小时候也做噩梦,不过我一被梦吓醒就钻去父亲寝宫。他会给我拍背,哄我入睡。"方锦下意识将手搭在林渊脊骨上,小心地碰了两下,"像这样。"

她天真地说出这番话,不知是真心实意要安抚他,还是有意拉拢,同他交好。

只是那柔若无骨的纤纤五指,触到林渊脊骨时,震得他身形一僵。

林渊不动声色地扣住她的腕骨,冷道:"别动。"

"哦。"方锦朝他温和一笑,"我为了哄你消除梦魇,费了不少心神。你们人族最讲礼尚往来,你也该帮帮我。"

"……说。"林渊扶额。果然,此女不安好心,散布善意是有事相求。

"你知道的,我平素在天凤宫,都有仙使照顾我起居。"方锦绞着手指,两颊泛起红晕,显得十分难为情。

可惜林渊没有怜香惜玉的心思,只凉凉地道:"别卖关子。"

"阿渊，我不会绾发。"

"为何你觉得我会？"

"你将我囚禁于咸鸾宫中时，日日都是你为我梳发的。"

往事不堪回首。

林渊无法，只得道："你坐下，我帮你便是。"

因着今早要替阿娇献祭给鲛人精，林渊给方锦梳了个庄重的婚髻，还悉心为她遮上了红盖头。

摇冠高高耸着，支得红绸盖头张牙舞爪。红布挡不住美人面，露出一张涂抹红脂的樱桃嘴来。方锦在底下感慨："阿渊，你送我出嫁，也算我半个娘家人了。按照婚嫁流程，我是不是该窝在你怀里哭上一哭？"

林渊十分嫌弃："少同我沾亲带故。"

方锦老实了，收起扮家家酒的想法。

她被林渊牵着，缓步朝屋外走。

院子门口，是翘首以盼的村民们，以及阿娇。

他们看方锦打扮得有模有样，纷纷松了一口气，目送她去往海边。

村民们不敢上前，生怕鲛人精不分青红皂白，把无辜旁人也卷入海底，故而只远远眺望，满眼关切。

阿娇在后头期期艾艾地道："道姑……一路小心。"

说完，她生怕被鲛人精瞧个正着，急忙钻回村里，不见了踪迹。

方锦就这么被舍弃了。

方锦心里盘算起降服鲛人精后，该怎么诓骗这些渔民给她建庙。供品不必多贵重，来点新鲜的小鱼小虾就行，很有地方风味。

她想往海里走，岂料林渊不松手。

方锦勉力抽了抽，纳闷地问："阿渊，你是有什么话没说吗？"

林渊抿唇，道："无事，你走吧。"

方锦又一次收手，可他还是不放。

这一回，没等方锦问，林渊便开口了："你真打算去？"

"不过是一只鲛人精嘛！至多一个时辰，我就回来了。"方锦拍了拍胸口，向他保证。

"嗯。"

方锦后知后觉回过神来，问："你是在担心我？"

林渊冷淡至极地答："那倒不是。只是心生愧疚罢了。"

"愧疚什么？"方锦满心期盼地问。阿渊也真是的，分明怕她有个闪失，却口是心非，不敢说出口。

林渊安静了好一会儿，道："毕竟鲛兄失身于你，是我出谋划策之故。我对不起他。"

方锦无言。

他把她当成什么厚颜无耻之徒了吗？好好的人，作甚长了这样一张嘴！

方锦咬牙切齿一阵，无牵无挂，纵身跃入海里！

林渊目送方锦潜入海中，心道：鲛人精大抵是没见过这般乐得主动献身的新娘子。

他面上的和善尽数收敛，双指并拢，驱使小白化身为剑气磅礴的妖王剑，随后朝渔村走去。

不过眨眼间,林渊就瞬移至阿娇的院中。

他对着渡渊低语:"可有嗅到血气?"

妖王剑发出"嗡"的一声巨响,无数条白色雾霭幻化的影蛇钻入地皮,四下搜索。

不远处亮起绚丽白光,林渊寻过去,只见得地窖内,白骨累累。

一具男尸骨、一具女尸骨,应是阿娇连同她可怜的父亲。

怪道院子里菜干不收,四下狼藉,原是主人家都死了许久,根本无人操持家宅。

林渊蓦地蹙起眉头:"寻人。"

渡渊得令,派遣出更多蛇魂游走。

最终,林渊在深山里寻到了变出蛇尾的阿娇。

无须林渊开口,小白便知主子意思。他立马化作无数把光华璀璨的蛇纹剑,将阿娇困于其中。

阿娇逃脱不得,急忙胆战心惊地跪下求饶:"仙、仙家饶命!"

林渊冷笑:"你既知我是仙,又怎敢来挑衅我?"

阿娇不敢看林渊的眼睛,她汗如雨下,道:"都是河神的命令!是他要我将仙家骗来此处的。他……他从黄大仙口中得知,有一男一女两位仙家下界。河神想要同道姑成亲,因此派小妖出来寻人,还特地将小妖的妖气化去,不让仙家察觉端倪……"

林渊抿唇不语,眸色冰冷。

目标竟是方锦吗?那他此前起了报复心思,对于阿娇的异样,故意瞒而不报,岂不是害了她?

得救人。

林渊再度飞回海潮,却发觉这片海域已经布起结界,分明是有备而来。

他面上一沉,杀气骤现。

林渊多年没动火气,岂料下界竟有此一遭。

他手握妖王剑刃,不过清浅一挥,就硬生生地划开了一道豁口。

上苍有好生之德。

故而,犯他者,送人一程路,早日杀之,早日投胎吧。

02

方锦潜入水下,不过一刻钟,就见到一重高过一重的桂殿兰宫。

虾兵蟹将夹道相迎,正中央站着一名眉清目秀的郎君。想来,他就是阿娇说的那一尾鲛人精。

长相嘛,及不上林渊。

妖界的美男子也不过如此。

方锦意兴阑珊,抬手将掀起的盖头又压回面上。

鲛人精前来迎她:"爱妃,你怎个儿来了?"

方锦虚与委蛇,同他娇滴滴地道:"心里想你想得紧,没忍住,先一步跳海了。"

"爱妃真是莽撞!"鲛人精媚眼如丝,揽住她的臂膀,把她领入婚房,"罢了,我体恤你的相思之情,不同你计较这个了。咱们如今成亲了,往后就是正儿八经的夫妻。要知道,我盼这一天,盼了好些年了。"

方锦被他逗得发笑,玩心四起,道:"混说什么呀!你不是每三年就纳一门小妾吗?说得好似独独等我一人一般!"

"爱妃此言差矣,那些庸脂俗粉怎能及得上你分毫?你是仙,她们可都是凡人呀!"鲛人精这话说得方锦一愣。

算是撕开脸皮了,方锦也不装了。

她扯下红盖头,露出精致的眉眼,一笑百媚生。

随后,方锦变出一根长鞭,执在手中,道:"既知本宫是神女,区区鲛人精为何不下跪求饶?"

方锦在外人面前便抖起来了,一根鸟羽鞭被她挥得虎虎生风。

她不将鲛人精放在眼里,拉了张小杌子落座,上下打量鲛人精的眉眼,"啧啧"叹了两声:"若你模样好一些,本宫大可将你收入房中,可惜了,你长得太阴柔,没半点阳刚气质。本宫惯爱威猛一些的神君。"

鲛人精还是头一回被人质疑容貌不端正,他面上厉色骤现,恶声恶气地道:"爱妃什么意思?我难不成还及不上那个小白脸吗?"

方锦一愣,想了好一会儿,才明白他所说的人是林渊。

没想到旁人都将林渊认成是她的情郎,且还是个吃软饭的小白脸,有意思得紧。

方锦咳嗽一声,道:"论皮囊嘛,你较之他,是差了那么一星半点……"

她话音刚落,鲛人精立马找补了一句:"可我榻上功夫,却是身经百战历练出来的,怎可能输给那个小白脸?你同我欢好过，自然就知晓我的好处了。"

说完，鲛人精欺身而来。

方锦立马要捏诀应对，岂料她法术全无，连凤凰原形都幻化不了，好似羽翅被水打湿了，泅到海中，无法挣脱。

方锦大惊失色，道："你做了什么？"

鲛人精媚笑连连："爱妃，为了困住你，我自然是使了些许小手段，可莫要辜负我的苦心呀！过了今夜，咱们就是正儿八经的夫妻，你会明白我的一片真情。"

鲛人精作饿狼扑食状扑了过来。

好在方锦身手矫捷，一下子翻到旁处，没被这厮逮住。

鲛人精同方锦有染的心思深重，他不折不挠地向她袭来，逼得方锦退无可退。

就在她险些被精怪逮住的时刻，她身后贴上一具温热事物。

那人低头，在她耳畔唤了句："锦锦。"

方锦知晓，这是林渊来了。

不过一道电闪雷鸣之后，鲛人精便被小白死死钉在地砖里不得动弹。

鲛人精惊愕，喃喃："不可能……这是妖王魂魄所制的结界，你如何闯得进来？"

林渊把方锦拦在身后，缓步行至鲛人精跟前，低语："既是神明，又怎可能败在妖鬼手下。"

这一句话气势十足。

只是方锦觉得脸有些疼，他这话要把她的脸打肿了。

为了避免尴尬，方锦催促道："咱们早些完事儿，早些离开吧!"

林渊颔首,并指绕出一团寒芒,抵在鲛人精额间,汲取他体内的妖王魂魄。

鲛人精一直以为是妖王魂魄在滋补他的修为,实则妖王魂魄最为狡诈,是将他作为熔炉,反向疗养自个儿的妖气。

鲛人精那妖魂不断涌入林渊体内,原本眉清目朗的容貌渐渐显露出狰狞的骨相。

他像是反应过来什么,难以置信地道:"你、你是……"

就在鲛人精快要吐露出某句骇人听闻的话语时,林渊伸手,扼断了他脆弱不堪的脖颈,了结了他的一生。

方锦后知后觉地道:"你完事儿了?"

这话说得林渊喉头一哽,好半晌才面色不善地点点头。

方锦哂笑:"真快啊。"

林渊一时语塞。

见他不说话,方锦以为林渊是收妖累了,也不甚在意。

只是片刻后,她福至心灵,质问林渊:"阿渊,有一事还望你能为我解惑。"

"嗯?"

"你能这般及时赶来,是否早就知道鲛人精设下圈套?"方锦一想到自个儿遭鲛人精算计,施展不出仙术,就有一丁点后怕。

林渊没料到她会这样问,犹豫了半晌,微掀唇瓣,答:"算是。"

方锦了然,凄然一笑,即便他知晓她此番可能涉险,也不愿事先提点她吗?亏她还将林渊视为为数不多的知心仙友,林渊这次的行径真教她寒心。

"虽说你不将我当女子,但也不必故意纵我落入陷阱吧?我原以为,我能同你混熟的……"她话里话外有几分自苦的怅然。

本来还想说什么,最终,方锦什么都没说。

她收敛笑容,淡淡地道了句:"罢了,也是我仙术不济,这才被鲛人精算计。多谢神君今日救命之恩,待回天界后,我必会重谢。"

她是生了一点点火气的,故而唤林渊"神君",同他拉开距离。

倒不是怪罪林渊来迟,而是觉得有那么一丝心凉。她都打算不计前嫌,同林渊好生相处了,岂料自己拿他当朋友,林渊却背后捅她一刀。

这一刀钝钝的,小心挑开了皮肉,令人疼得很。

偏偏方锦脸上一丁点情绪都不能暴露。

可她不禁又想,自己的伤怀来得好没道理,她同林渊非亲非故,实则也就是这几日关系亲近些。

他厌恶她,因此不提点她,不救她,人之常情。

她哪儿来的脸怪罪他。

方锦有一丁点茫然,她想到了父亲。

幼年时期,凤君曾把梳着双环髻的小方锦搂到膝上,劝她:"要好生修炼仙术,你强大了,才不会受人欺辱。"

方锦正是贪玩调皮的年纪,哪里能听得进去凤君的话,闻言便在凤君怀里赖成一摊烂泥,娇嗔:"不是还有父亲在吗?"

凤君原本阴郁的眉眼顷刻间软化,他把小方锦抱在怀中,手搭在她头顶揉了又揉,笑道:"是,父亲怎会让你涉险。"

方锦深信父亲的话,他这般厉害、这般强盛,一定能永世陪在她身边。

可惜,百年后,方锦没等来征战凯旋的父亲,而是等到了他仙逝的遗体。明明她还是稚嫩凰鸟,明明还该被父亲架在肩上玩闹,她却已经担起了天凤宫一宫之主的重担。

神仙怎么可能会死呢?方锦想不明白,也不愿想明白。

她浑浑噩噩地操办完父亲的葬礼,一声都没有哭。

仙葬的每一个步骤都妥帖得没有出差池。方锦想,父亲看了会欣慰的,会夸赞的,会揉着她的发,说:"锦锦好乖。"

那时的方锦举着天凤宫的令,号召家臣们重新认主。她脊背挺得笔直,如松如柏,鬼鬼立于殿中。

她其实好怕,但是她憋着一口气,不愿让人同情。

凤凰一族只剩下她了,她不想让其他仙族笑话,这是父亲的尊严。

方锦做得很好,她沉着冷静,处置好了大大小小的事。她圆滑乖巧,寻了帝君做倚仗,三界内无人敢欺她。

瞧啊,她不是一直很厉害吗?

她一直支着一层画皮存活,一直没心没肺地当她的天凤宫宫主。

人人羡她无忧无虑,唯有她自己才知晓,她也是有心事的。她其实好想父亲,想受委屈的时候有人能给她撑腰,能纵她掉一星半点的眼泪。

所以,当林渊救她的时候,她真的很感激。

这世上,除了父亲,没有人会这样罩着她。

林渊好似一束光,即便她不承认,也知道她是被他温暖过的。

方锦本想敞开心扉,她又多了一个可以交心的好友了。不再是贪慕她凤凰神族的权力与血脉的酒肉朋友,而是真正能交付后背的善心人。

岂料,林渊也背叛了她。

他是讨厌她的。

方锦微微牵起嘴角,惨兮兮一笑,嘟囔:"也没事啦,是我自作多情。"

这一夜,方锦没有回林渊身边,而是溜到了附近的镇子上。

毕竟是她先闹了脾气,她不知道该如何面对他。

街上四处都是叫卖夜食的小贩。

方锦走走停停,最后挑了几斤猪口条、猪头卤肉当赔罪礼,打算回去的时候分给林渊吃,同他言归于好。

她忌惮某人的强大仙术,即便往后不再当朋友,面子情还是要维持的。

今夜,林渊还是在阿娇的院子里入住。他原以为方锦气消了就会回来,岂料月上中天,她都没有出现。

她抛下他独自离去寻妖王魂魄了吗?可没他的庇护,等闲仙家遇上妖王魂魄,还不是要束手就擒。

林渊疲乏地倚在榻上小憩。

不知为何,他近日特别容易入梦。

他又梦到了从前的事,又是那个狞笑的妖僧。

林渊浸没入玄冰池已有四十八日,再过一日,他便会成为剑脊的养分，被它蚕食。

他的双眸被猩红的血覆盖，瞧不清面前的事物。

他的身体好似不是自己的了，疼痛、冰冷的感触都变得迟钝，像一具麻木不仁的行尸走肉。

妖僧狂喜，执着匕首上前一步。

他把刀刃刺入林渊的后颈，任鲜血四溅，不顾林渊的悲号。

幼小的林渊咬着牙，低语："我会杀了你的……我一定会。"

妖僧笑出声，道："你已是存骨刃的器物，如何杀我？不过你这股子怨气来得好，骨刃戾气缭绕，威力更显。"

他得意极了，冷眼旁观这一幕人间惨剧。

林渊恨人族，恨不得屠尽人族。

就在他意识涣散的一瞬间，忽然一袭白衣蹁跹而至，是个仙姿玉色的貌美女子。

她手执一根鸟羽长鞭，猛然朝妖僧抽去。不过华光一闪，那妖僧便被拍飞至墙根，没了意识。

女子解开林渊身上束缚，把他背在肩上，带离此地。

林渊再次苏醒时，眼睛上覆了纱布。他记得那女人一直在等他苏醒，或许是以为他没瞧见她的模样，她放心地把药塞在他怀中，头也不回地走了。

其实，她给他包扎眼伤的手法有些拙劣，林渊视线虽有些模糊，但不妨碍他看清了对方的眉眼。

那女子，分明是方锦啊。

03

这一次,林渊是被方锦喊醒的。

方锦抱着一大油纸包荤食,坐在他的床榻前。见林渊醒来,方锦欢喜地笑:"你醒了?"

林渊皱了皱眉,不言语。

方锦以为他也心有怨气,结巴了好一会儿,道:"阿渊,今日凶了你,是我的过错,看在这猪头肉的份上,你别同我计较。"

说完,她把肉食塞到林渊掌心,险些把人烫着。

林渊不动声色地挪开肉食,淡淡道:"今日之事,是我理亏在先。论道歉,该是我开口。"

他不喜方锦这凡事都愿委曲求全,一心粉饰太平的做派。

于是,林渊皱了皱眉心,说:"生气便是生气,缘何要同我道歉。你……往后该坦荡些。"

他能瞧出方锦的心事,能知晓她一直在伪装。

方锦一怔,心头涌起几分感动。

"那……我能借你怀抱哭一哭吗?"方锦绞着手指,羞赧地道,"自打我父亲去世后,我便再没哭过了。"

林渊没想到她是顺杆子往上爬的主,当即冷下脸:"为何选我?"

林渊又忽然想起梦里挥舞鸟羽鞭子的神女,他承过她的情。于是,他长叹一声,张开双臂,接纳她:"罢了,随你。"

方锦小心翼翼地伏在他膝盖上,把脸闷在布料里头,好久都没开腔。

旁的女子落泪，惹人垂怜，偏偏她趴在人的膝头上，直挺挺的，像一具浮尸。

莫嫌，莫嫌。

林渊想起方锦说，她父君会抚她脊背安慰。

他犹豫半晌，终是伸出手，轻轻搭在她嶙峋的脊骨，拍了拍。

方锦嘟囔："阿渊，你看着，真像我长辈。"

闻言，林渊手指一僵："你认真的？"

方锦洒了几点泪水，已然恢复了心绪。她抬头，朝他笑："嗯！"

林渊沉下脸，冷笑道："呵，那你在人间历劫时同我行鱼水之欢，总不是因为这个吧？"

"……嗯？"方锦一呆，顷刻间，她如杂草般，风中凌乱。

方锦当初便觉得林渊和她的仇来得莫名，现在他这话……总不至于是她强行与他发生了关系以后，又始乱终弃吧？

皎皎月光倾泻入林渊的眼眸，将他照得赫赫堂皇。

他是无上圣洁的天界男神，她则是卑鄙无耻的阴险女子。

在此君面前，方锦心虚得不行，简直要寻一道地缝钻进去。方锦往床榻的阴暗角落缩了又缩，小声地道："这其中……怕是有什么误会。"

她想不认？

林渊嗤笑一声，冷厉眉眼扫至人身上，低喃："锦锦，你是怕我讹你吗？"

什么样的人会用身家清白来骗人？

方锦讪讪一笑："我怎可能怀疑阿渊呢？只是没验过身，这种伤天害理之事，不好认的。"

林渊面色铁青，咬牙切齿地挤出一句："你还想验？"

许是那日，她给林渊留下的印象太过粗暴，导致他很抵触此事。方锦一想到她曾这样得罪过林渊，心里头就一阵愧怍。

她长叹一口气，上前拍了拍林渊的手，温柔地道："罢了，这事既因我而起，我会负责的。阿渊，我向你保证，往后广纳后宫，你定然是正房娘娘，旁的阿猫阿狗绝对越不过你。"

林渊微微眯起眼睛，不动声色抽地回了手，淡淡道："有我一个不够，你还想再多娶几房神君吗？"

"开枝散叶的家族重担压在我身上，实在推诿不得。"方锦从床榻上站起来，双手负于身后，语重心长地道，"我不可辜负族人的期望，阿渊，你要体谅我，不可拈酸吃醋的。"

"呵。"林渊冷冷一笑，"可惜，本君肚量实在不如何。若见着了其他可欺的神君，会如何下手，我可说不好。"

他这话说得森然，很有要大开杀戒的架势。方锦被他吓得一踉跄，在被褥上踩滑了，一下跌坐枕上。

她愁眉苦脸，只觉得家中供奉了这样一尊妒夫，恐怕再想寻旁的乐子，举步维艰。

这一夜，方锦梦到了无数次林渊成为她正宫夫君的情形。

她不敢把情郎带回天凤宫中，只得金屋藏娇留在外头，待日后一亲芳泽。

某日她在外寻欢作乐，一手搂一个情郎，还没等成事，林渊便杀入她房中，执着剑，要取她狗命。

后半夜，方锦都是在跪墙根哭诉的过程中度过的。导致她一睡醒，便握住了林渊的指尖，颤颤巍巍地许诺："你放心，我会待你好的。"

林渊闻言，略一颔首，继而十分嫌弃地甩开了她的手。

林渊说，妖王魂魄一共消散了五枚，昨日从鲛人精身上收复回一枚来，接下来就得继续朝前行路，找寻其他魂魄踪迹。

方锦心不在焉地应了几声，满脑子都是摆脱林渊的计策。

这厮将贞洁看得太要紧，这样不好。

古往今来，男欢女爱，都是浮生大梦一场，全凭心意。方锦还曾听说过一则轶事，说是一对神族夫妻，误打误撞寻了同一个神君作为情感倾诉的友人。夜里，夫妻俩各说各的仙侣缺点，还是这位"宅心仁厚"的情人在其中调剂，说和的。总之，几人关系之和睦，教外人艳羡不已。

许是林渊人族出身，被礼制荼毒了多年，因此对于天界的男女关系不甚明了。

而且据方锦所知，三界之中有一个寻欢作乐的黑市，不少修真者、妖精、神仙会藏匿身份，在其中醉生梦死。无人在意他们来自何处，有何目的，只要看对眼了，寻一场欢好便是。

林渊许是遇见的女子不够多，很有操守。

方锦想同他和平共处，故而想帮他改一改眼界问题，带他见见世面。她特地同土地公打听到黑市所在位置，坦荡撒谎，将林渊骗到此处。

黑市的老板很有眼力见儿，一见他们样貌便知两人身份不俗，主动问："姑娘，公子，两位是想寻什么样的情人？"

"情人？"林渊听得这个词，面色不善地睥向方锦，"你不是说领我来寻魂魄吗？这店家又是什么意思？"

方锦打哈哈，悄声道："莫要打草惊蛇，这黑市里头的精怪繁多,咱们总要逐一瞧过去才知底细。"

她话都说到这份上,林渊也不再争辩,默许了她的行径。

方锦挥了挥衣袖,道:"把你店中的上等货色统统带上来,咱们一个个瞧过去。"

说完,方锦大手笔地拍下一枚昂贵仙石。

店老板哪里见过这样水头滋润的仙石,当即见钱眼开,哄着:"好好,两位雅间请,咱家这就喊他们来。"

方锦是真心想来相看美人的,置办了一整桌的茶水糕点,兴致勃勃地等着人进门。而林渊则像是个陪跑的,只点了一壶清茶,闭目养神。

门扇微动,刮来一阵小香风,数个缓带轻裘的美男子悠然而入。

他们上前,一个个围绕方锦,争强斗胜,谄媚邀功。

方锦眉头一挑,拍了拍桌子,道:"怎么都是男的呢?姑娘呢?"

众人一愣,他们没想到方锦口味竟这般重,彼此间使了个眼色,退了出去。

一批飘然若仙的美人儿进来。

这下如了方锦的心,她称意多了,转头望向林渊,问:"阿渊可有喜欢的?"

林渊轻描淡写地睥她一眼,道:"没有。"

"再换再换。"方锦知晓林渊眼光之挑剔,只能一个个撞运气了。

一轮又一轮筛人,即便林渊再迟钝,也明白她的意思了。

原是给他挑爱侣呢。

林渊烦了方锦的行径，随意点了一个姑娘道："就她吧。"

见林渊点头了，方锦喜不自胜，当即便喊人推着两人入旁的厢房细细交流。

他有了可心人，她的心事便了结了一大半，也该自个儿好生享受一番了。于是，方锦抻着手臂，懒洋洋地道："你们这儿可有什么头牌郎君？给我屋里头送一个来尝尝鲜。"

她说完，便被下人搡着入了旁的寝房等待美男子服侍。

这儿的床榻太舒适，炉子里还燃着若有似无的香烟，方锦嗅着嗅着，打起盹来。

半睡半醒间，她听到一阵清脆悦耳的铃铛声，是有人来了。

许是那个即将服侍她的郎君。

方锦想着，若是他伺候得好，抬他一个位分，也是无伤大雅之事。

她听得那人行至床榻间，薄凉的指尖微搭上她的脖颈，清清润润，好似蛇芯子一般，挠得人发痒。

郎君好大胆，没她吩咐就敢强行动手。

她喜欢。

方锦睁开眼，正要好生同人调情，看到来人的一瞬间，她愣住了。

此人沈腰潘鬓，清丽俊逸非常，就是这张脸同林渊十足相像。

他靠近她，慢条斯理地低语："锦锦，你看我像不像与你同行的那个林渊神君？由我来服侍你，好也不好？"

你不就是吗？

这厮不去同小姑娘亲近，来找她作甚？

方锦悟了，林渊是个痴情种，盯上她便见不得其他女子了。

可见，女子长得太貌美也不行，在世上存活，光是这姿容就难有敌手呀！

方锦讪讪一笑，道："阿渊，你这玩笑开得不错。"

林渊冷冷睥她一眼，眸中全是如霜雪般冰凉的神色。他显然是动了怒火的，周身仙气原本该是稳当平缓，现如今却压迫感十足，伴随着汹涌澎湃的暗潮，以排山倒海之势向方锦袭来。

霎时，林渊像是想到了什么，他欺身靠近方锦，居高临下地凝视她。

方锦还以为林渊要同她干架，岂料他只是肃然地道了句："你就这么厌恶我吗？"

"嗯？"方锦不明就里地望着他，"你何出此言？"

林渊抿唇，良久不语。

他漂亮的眉眼近在咫尺，鼻息也滚烫，星星点点落在她颊侧。方锦觉得这厮别扭得厉害，有什么话都藏着掖着不说。她刚要追问，却听得屋外传来一阵喧哗声。

是飞禽走兽奔走的响动，还有精怪一边跑，一边通风报信："天界的刑狱司派天将来清剿黑市了，他们还想抓人示众，大家伙儿快逃啊！"

方锦闻言，不由得一愣。

这刑狱司的威名她是听说过的，凡是帝君要执行什么律法，必让刑狱司的仙家出马。那是帝君麾下的一批"走狗"，对上他们，谁说软话、求情讨饶，都没有用。刑狱司的神仙最是铁面无私，此前不少天界同僚设宴想请人登门套近乎，但没一个赴宴的。

如今,他们奉命来抓人吗?

肯定会闹个鸡飞狗跳。

方锦笑了,本想出门看乐子,忽地后知后觉反应过来,她趔身问林渊:"若是我出去凑热闹,同刑狱司的人说,我只是路过,他们信吗?"

林渊沉默一瞬,艰涩地道:"锦锦,莫要太天真了。"

言下之意就是——人都在厢房里了,说没做,骗鬼呢。

方锦丧气地坐回太师圈椅上,低声骂道:"千百年来,黑市都开得好好的,怎么说整顿就整顿?还要抓客人示众以儆效尤?"

林渊轻咳了一声:"许是想整顿黑市里的不雅男女关系。"

"喊,都老皇历了,现在要搞这个,早干吗去了?"方锦咬牙切齿,"也不知是哪个瘪三提的点子……要被我知道,回天界的时候抄他老家!"

"锦锦,不可动粗。"

"你袒护他?"

"我没有。"

"那你帮他说话?"

林渊淡淡地道:"我不过是自保。"

方锦愣了一瞬,回过神来,贱兮兮地问:"难不成,你就是这事的始作俑者?"

林渊抿唇:"只是捎带提过一句。"

方锦更雀跃了,她起了坏心思,一把攀在门板上:"要是让刑狱司的人见到你在这儿,保不准会卖咱俩薄面,放我们一条生路。"

什么薄面，方锦不过是想看林渊出丑。

提出要清剿暗门子黑市的林渊神君，居然就是谢馆秦楼里的一个熟客，这让人怎么想？多劲爆呀！

她的八卦之魂熊熊燃烧，已然按捺不住了。

岂料，还没等方锦拉开门，林渊就扣住了她的手腕，冷声制止："你以为能算计我，可事实上，不过是害了你自己。"

"这话怎么说呢？"

"我们是下界赎罪的，不四下寻妖王魂魄，却在黑市里眠花宿柳，你觉得帝君不会生气吗？"

林渊一语惊醒梦中人，方锦慌了，急忙按住门板："阿渊说得在理，切莫打草惊蛇。"

就在这时，门外响起了一阵敲门声："快开门，天界刑狱司来查验身份了。"

"怎么办？"方锦慌张地问。

林渊并指念咒，召唤出沉睡多时的小白，道："你释放出蛇魂，引得屋外人往别处去。"

小白知晓林渊这是调虎离山之计，他翻了个白眼，吐着芯子，从林渊手上游下来。

不过一瞬息，小白便潜出屋外，释放出无穷无尽的妖气，招摇至极，几乎满身都写着"我乃大妖怪，贱得慌，来抓我呀"。

刑狱司的人果然被小白浓郁的妖气所吸引，立马追上："这是什么气息？快跟上瞧瞧！"

屋外的人散得七七八八，正是逃跑的好时机。

"我们走。"林渊催促方锦翻窗离开。

方锦问："那小白呢？不管他了吗？"

林渊沉寂一刻，道："为主牺牲，他死得其所。"

方锦终于明白人心的险恶之处了。

不过，现在也没别的法子，若小白一去不复返，她会多给他烧些纸钱的。

待方锦和林渊逃出黑市，已是月上中天。

约莫过了三四个时辰，小白气喘吁吁地寻到他们，破口大骂："你们就这样抛下我了？"

方锦可怜小白，难得大发善心地夸赞他："这不是知道你乃上古妖王剑，妖力非凡吗？不过一群天界小喽啰，如何能为难你呢？"

小白被方锦这番话捧得飘飘欲仙，咳嗽一声，道："那是。吾出马，战无不胜，怎可能被一群天将刁难。想当年，我主子带我杀上妖山，以一己之力破天界万军……"

他自顾自地吹牛，还没等话说完，就被方锦打断了："等会儿，你主子？是指阿渊吗？"

方锦话音刚落，林渊就朝前迈了一步，风轻云淡地踩住了小白的脖颈，叫他噤声。

那脚力之大，直接将地面踩出了一个深坑，像极了要毁尸灭迹，小白没了声息，直挺挺地歪倒在地上。

林渊扫了小白一眼，淡定地道："不，他说的是前主子，也就是妖王。"

方锦恍然大悟，笑道："我说呢！想来是小白太思念旧主，嘴瓢了，说出这样的话。阿渊，他这般恋旧可不好，你要好生管管，免得他叛变，对你不利。"

"我省得。"林渊漠然地道,"若他再敢乱说话,我定会将他熔了,铸个夜壶来使。"

小白昏死不过一瞬,一刻钟不理他,他又恢复原样了。

他这一回差点被主子碾碎了内核,自然知晓嘴巴要严的道理。

小白懊恼地游回林渊腕上,闷闷不乐地当了几日哑巴。

好在方锦心细,察觉他的伤心心绪,递给他一块烤猪蹄膀吃,他才慢悠悠活过来。

这样一比,方锦是要比林渊体贴。

小白啃着猪蹄,吃得满嘴流油,道:"吾辈不能白吃你的,你有什么想要的吗?吾乃法力强盛的妖王剑,定能满足你的愿望。"

方锦等的就是他这句话,当即便问:"既如此,那我确实有一个不情之请。"

"你说。"

"我向往御剑飞行已久,你……能借我骑上一骑不?"

"吾若是拒绝呢?"

方锦微笑:"我昨晚给阿渊画了不少夜壶的款式,借你剑身打造,必是美轮美奂。"

他就知道,这么有夫妻相的两人,怎可能一个是黑一个是白,不过是林渊坏在明面上,而这小娘皮是憋在心里蔫儿坏罢了。

第三章
笑渐不闻声渐悄

01

方锦很久没梦到父亲了。

自打老凤君仙逝以后,她便封存了这一段记忆,唯有入睡时,神识游走才会不慎开启。

她梦到幼时,她总躲在天凤宫里,不肯上幼神们要去的私塾。家臣如何劝,她都有理由来搪塞,一会儿说头疼,一会儿说肚子疼。

唯有方锦自己知晓,她不去上学,是因为那些口无遮拦的同窗曾在背地里议论她是天煞孤星。

唯有命硬的人,才会克死父母亲。

老凤君死于战场上倒也罢了,可她的母亲却是在生她的时候难产而亡。

她的降生,注定带来不幸。

"荒谬!"方锦曾这样辩驳过。

但是她也会害怕，万一这样的命格是真实存在的，那她注定孑然一身，不配有家人朋友。

如果她没出生就好了，那么至少母亲不会死。母亲活着的话，父亲会多看顾家里，兴许连战场也不上了。

她是毁了这个家的根源……

方锦在梦里挣扎，这次的梦境真实到可怕。

她的掌心都是汗，湿濡、黏稠，手足开始发冷。

"锦锦？锦锦！"有人在喊她，声音焦急，饱含关心。

后来，一团暖意笼住了她，安抚她躁郁不宁的心神，借助这股力量，她终于逃脱险境。

方锦睁开眼，茫然地环顾四周。她的手紧紧攥着一个事物，她低头一看，是林渊白皙如玉的指骨。

她躺在他怀里吗？

方锦有一瞬错愕，她想嬉皮笑脸开个玩笑，再避开林渊的亲昵。

但她不知为何，忽然这样留恋他温暖的怀抱。

她装傻充愣，待了很久。

今天的林渊也很有人情味，他居然没有推开她，而是任她在他怀里汲取片刻的温柔。

方锦似乎懂了不少。她一直以为她生来就没心没肺，凡事都能看得开。原来，她只是在自欺欺人啊，她也会难过，夜里也会因为思念父母亲而伤心落泪。

方锦有点难堪，微微垂下眼睫。

而这时，林渊递来满是兰花香的手帕，帮她擦拭额头的汗："你做了什么噩梦？"

"吵到阿渊了？实在对不住……我只是梦到了家人。"

"无妨。"林渊答了一声，"你很想念家人吗？"

"嗯……我很想念父亲。他会下界给我带冰糖葫芦还有桂花糕，虽然都是一些不起眼的人间小玩意儿，但我很欢喜。每次他出征，我总会提醒他带点什么回来。"方锦眨眨眼，眼角还是泛起了一丁点潮红，"他最后去的那次，我和他讨要了核桃蜂糕。每每夜里入梦，我都会想，如果我没有和他讨要糕点，他是不是就能早些回家了，会不会因此避开一场浩劫？会不会活下来……"

方锦知道的，老凤君战死沙场，和小小的甜糕一点关系都没有。

只是，她太想念家人了，才会苛刻地一遍又一遍回忆过去，想要规避所有苦难。

方锦苦笑一声："小时候，他们都说我是天煞孤星，母亲在生我的时候难产而死，父亲也在我年幼时战死沙场。只要和我扯上关系，没有人能好好活下来。"

方锦很少对人暴露自己脆弱的一面，但今夜月朗星稀，她倏忽间升起了一丝倾诉欲，对象找得也不对，竟是平素时常与她拌嘴的林渊。

多滑稽啊。

"至少我好好活着。"林渊简短的一句话，打散了方锦所有未尽之语，"我也算是你的亲近之人，你看，我还好好活着。所以那些荒谬的话，你不必信。"

"我……"

"再睡一会儿吗？还早。"

按理说这个时候,他应当顺水推舟扶她起来,打散这个怀抱带来的缱绻气氛,但他没有。

　　今晚的林渊,柔情到了不像话的地步,他竟容她在怀里倾诉苦楚,允许她枕在他膝上入眠,仿佛他一贯待她如此体贴。

　　害得方锦都有种难言的错觉,她似乎因林渊的体贴而动了心,甚至会想,如果林渊一直待她这样温柔的话,天凤宫里只他一位夫君,也不是不可行。

　　方锦实在累极了,她没有拒绝林渊的膝枕。

　　她再度睡着了,这一回的梦境很美,她没有流眼泪。

　　只是第二日早上,她睡醒时,林渊已经不在床侧了。一方皱巴巴的手帕提醒她,昨晚的温情时刻,并不是她臆想出来的幻梦。

　　矫情过一次,方锦怪难为情的。

　　这一夜的事,她没和林渊提起,仙君也当她脸皮薄,没有刻意谈论。只是自那晚后,方锦看林渊的眼神就有点怪,从前勾肩搭背不觉得有什么,现在被林渊拍一拍肩膀,她都会心跳加速。

　　方锦想,糟了,她不会对林渊动了凡心吧?对好友下手,她真不是一只好鸟。

　　不过,日子这么一天天过去,方锦和林渊的相处算是越发融洽了。

　　林渊平素是无须进食的,能感受到饥渴的唯有方锦。

　　她"挨饿受冻"数日,终于忍不住趴在人家村民的墙头,望着那晒干的玉米棒子,口水直下三千尺。

哦，具体说明一下。林渊为人慷慨大方，倒不是他让方锦挨饿受冻，只是方锦此女挑剔异常，连吃三日烤鸟肉后，吃得神志不清，拒绝进食。至于受冻一说，实则是她怕自个儿兽性大发，再次对冰清玉洁的林渊下手，如今不敢再歇息于林渊膝上了，故而受了风寒。

屋里的女子一探头，发现一颗硕大的人头立于墙上，险些把魂都吓没了。

她拍了拍鼓囊的胸脯，朝方锦喊："姑娘，你是过路客吗？要不要进来喝一杯茶？"

方锦早想进院子了，奈何她是很讲礼数的神女，没人邀请，她实在不敢登门。

听到她的话，方锦立马回过头，对林渊惊喜地道："阿渊，她想请我们进屋喝一口茶，姑娘家盛情难却，我推诿不得。"

林渊坐在一侧的树梢上闭目养神，闻言，懒洋洋地掀一掀眼皮子，道："你蹲守在人家院外有三个时辰了，若是她不请你进屋小坐，恐怕你还赖着不走。并非她熟知待客之道，实乃是你厚颜无耻，逼得姑娘家没了活路。"

方锦一阵语塞。

她痛心疾首地捶胸口："你就这么想我？"

"不然呢？她不邀你入屋，你会走？"

"当然！至多再蹲一个时辰，我就放弃了。只是没想到，她好热情。"

林渊斜了她一眼，稀得同此女辩解，鸟兽脑仁纤小，说不清的。

方锦先进屋，她捧了热茶碗后，林渊才施施然入院。

院子里的女子原本打算捧几个玉米棒给方锦烤了吃,却在林渊踏入院中的时刻,被他的容貌惊得魂不附体,黄澄澄的玉米棒也"哗啦啦"滚落一地。

女子当即给林渊跪下了,眼眶包着泪,低喃一声:"神君,是您!"

林渊见状,高高挑起眉头,一言不发。

方锦则是轻啜了一口茶,饶有兴致地问:"你认识阿渊呀?"

女子膝行两步,恳切地道:"祖上曾差点丧命于妖王之手,是神君救了先祖。我们世代受神君的恩情,将您的样貌以笔墨描绘下来,供奉了累世,没想到小女有幸能见着神君。小女这就去给神君置办吃食,两位请不要嫌弃。"她说完,风风火火地跑出院子。

方锦一面嗑瓜子看戏,一面酸味十足地道:"哟,人界还有供奉阿渊数辈的人呀,真是教人艳羡不已。"

林渊看了方锦一眼,不置可否。

随后,他坐到一侧的矮椅上,慢条斯理地道:"这女人在说谎。"

"什么?"方锦不解地问。

林渊淡淡道:"妖王从不曾杀过人。"

方锦一口茶水喷出,白眼都要翻到了天上:"妖王十恶不赦,正因杀业过重才人人得而诛之。你当年将妖王杀害,不也是因为三界被他造作得生灵涂炭,你这才为民除害吗?"

林渊抿唇不语。

他的脑海里,莫名浮现出一个画面——到处都是血,人的血、妖的血,满目疮痍。

黑发少年抱着锋利的妖王剑，跪在成千上万的尸骸之中。

　　他的族人替他挡住了无数人族、仙族的刀剑，尸身筑起城墙，就为了庇护他一人。

　　他本意不想伤害任何人，只是这血海深仇，他不得不报。少年拿起了妖王剑，眼眸逐渐变成明亮的红色，人性泯灭。

　　他还是起了杀戮之心，没能守住本心。

　　是天地逼他的。

　　他明明与世无争，明明只是想保护族人。

　　…………

　　林渊回过神来，哑着嗓音道："据我了解，妖王至多屠神，并未伤过人族。"

　　林渊执意要为妖王辩护，方锦也就不跟他争辩虚实了。或许妖王并未亲自动手杀生，而是指派手下傀儡办事，这样一想，倒也说得通吧。

　　方锦颔首："那就当妖王手上没沾过血腥吧！既如此，这姑娘的一番说辞，倒显得蹊跷了……"

　　方锦后知后觉想到了什么，忽然翘起了嘴角，对林渊笑得见眉不见眼。

　　她忽然这般娇媚，笑容灿烂，倒让林渊有几分不适。

　　林渊垂下眼睫，低语："你笑什么？"

　　方锦意味深长地道："阿渊，你变了。"

　　"嗯？"

　　"要是往常，你察觉出端倪，定然会把话藏于心中，如今有一点不对劲的事就同我和盘托出，没有瞒我。你待我，比从前坦诚。"方锦很满意林渊的蜕变，这样才算没有辜负她的真心，至少他做错事会改正，不会让她一次次寒心。

林渊一愣，不知为何，心里有一丝忸怩，耳尖也滚烫，微微泛红。

林渊小声辩解："不过是顺口一说。"

他不会承认的，这厮别扭得紧。

这一夜，院子的女主人执意要林渊和方锦留宿此处。

待方锦熟睡时，一抹倩影摸入屋内。

她行至榻前，看着林渊的面容，恨得咬牙切齿。她掌心幻化出一把满是寒芒的匕首，高高举起，猛然朝下刺去！

就在刀刃要没入林渊胸膛之际，被人以迅雷不及掩耳之势扣住腕骨。

林渊淡漠地睁眼，冷冷地道："没有人气，也无妖气，你究竟是谁？"

方锦也被这一阵仗惊醒了。她信手捏出一个诀来，点亮了桌上的油灯。

女子行凶的画面触目惊心，吓了方锦一跳："这……这是做什么？"

女人见方锦醒了，嘴角笑意薄凉，道："神女怕是不知，你身边这位究竟是个什么事物吧？"

林渊蹙眉，想要伸手扼住女人脖颈，已然来不及了。

此女将浑身尸骨融化成一团怨气，消散之余，悠悠然道："他啊，分明就是妖王！"

"锦锦，不要听！"林渊厉声道。

女人奸猾地笑，那笑意瘆人："我等替他出生入死，抗住世间所有。可妖王为了苟且偷生，竟做了个局，剔除妖骨，执妖王剑斩杀妖身，随后位列仙班。他把我们抛弃了，他践踏了我等妖族的真心。我不甘心啊、不甘心啊……"

方锦被这缕妖魂的话吓了一跳，她呆若木鸡，后退两步。

她抬眸，再次审视林渊——遗世独立的鹤骨神君，明明是肉眼凡胎的俗人，却能驾驭妖王剑，还以斩杀妖王的功勋一朝羽化升仙。

他真的是……人神吗？

这是方锦第一次流露出惊讶与恐慌的神情。

仅仅是这一点点外露的情愫，也刺伤了林渊。他佯装不察，问方锦："你愿意信她，还是信我？"

方锦有片刻犹疑，她当然知道眼下是讨好林渊为上，不管他是妖王还是天下第一剑，她都打不过他啊！可是她一旦露出狗腿的一面，不就恰好验证——方锦忌惮他的身份，不信他吗？

方锦对背后捅朋友两刀的事有点陌生，业务实在不大娴熟。

正是这一点踟躇，让林渊撕下伪善的人皮。

她已经开始疑心了，那么计划便被破坏了。

林渊冷笑一声，掌心幻化出一道诀印："既如此，你也没有虚与委蛇同我相处的必要。咱们坦诚相待吧，如你所愿。"

"等等！我还没开始求饶！"还没等方锦做出反应，林渊已经把她卷入一团蓝色光莲之中。方锦明明是上古鸟兽，却无力抗衡，这股力量必然不是人神可以创造出的。

林渊神君应当还有其他身份。

也就是说，他骗了她。

方锦失落之余，困倦感一下子侵袭了她。

转眼间,她陷入了黑暗之中。

簌簌的雨声惊醒了方锦,她缓慢地睁开眼,手指微动,顷刻间摸到了一具温热的肉体。

方锦吓了一跳,侧头一看,原是衣冠不整的林渊。

他似是困极了,好久没醒。

方锦也不想吵他,她下了地,打算一个人开溜。

她其实并不关心林渊的真实身份,横竖莫把是非招惹至她眼前便成。她可以佯装死遁,逃到很远的仙岛避难,待事情都过去了,她再现身,决定抱帝君大腿或是林渊大腿。

方锦将将理好衣襟,刚迈过殿宇门槛,一抬头就见殿外下起一场滂沱大雨,偏偏那湿濡的液体不是水,而是血。

她呆愣原地,一下子挪不动步子。

身后,传来林渊悠悠然的嗓音:"你身处我灵府之中,没我诀印开解,化不开这结界,别费力了。"

方锦倒没想跑,她露出错愕的神情,只是因为好奇:"阿渊,为什么你的灵府外都是血雨?"

林渊显然是在心里构建了许多方锦哭喊奔逃的情形,如今见她嘴皮子微掀,说出这样一句平淡无奇的话,稍感乏味。

"因为血雨腥风更符合恶人气质?"他嗤笑一声,"你若不喜,就变了吧。"

言毕,林渊慵懒地挥一挥手,殿外的血雨就变了一个形态,成了皑皑白雪。

单从这一点来看,方锦觉得林渊还是一如从前那般,很是偏疼她的。至少他很体谅她的心境,没有折磨她。

方锦知道走不了，又慢吞吞地回到了榻上，准备再睡一觉。

见状，林渊欲言又止。

好半晌，他才开口："你知道眼下是个什么境况吗？"

方锦洗耳恭听："哦？"

"你被我囚禁了。"林渊神色淡淡，提醒她。

"知道啦。"

"我说，你被囚禁了。"绑匪开始不耐烦了，希望方锦给点面子。

"你说过了。"

林渊很费解，一般人被囚禁是这样的反应吗？

他皱了皱眉心："你不想说点什么？不喊'救命'吗？"

方锦回头，语重心长地道："阿渊，即便我喊破喉咙也没人来救我的，所以我就不费这个劲儿了。"

"呵。"林渊倒是被她宛如一条咸鱼的颓靡心态给气笑了。

方锦原以为自己睡得着，岂料林渊在他的灵府里，如小孩心性，一心捉弄她。

他一直闹方锦，修长白皙的指尖自她的后颈游离，触感冰凉，好似玉石。

方锦被他闹得实在难受，反手一抓，目光灼灼，问："阿渊不困吗？"

林渊饶有兴致地撑头："不困。我在想，你为何能睡得着？"

"我为何睡不着？"方锦不明白了，她困了就睡呗，还得瞻前顾后想那么多啊？不累吗？

林渊看了方锦一眼，终是意味深长地问："锦锦，若我是妖王,你待如何?"

不装了,摊牌了。

闻言,方锦瞠目结舌。

这厮到底是想怎样啊?眼下都时兴自报家门吗?她原本还想装疯卖傻一阵,可面前的大魔头竟把自己的身份直截了当地讲出来了,那她岂不是只有一个被灭口的宿命?

方锦还是打算垂死挣扎一瞬的,故此,她道:"本宫近日耳力有些受损。"

就当没听见吧。

做人啊,最要紧的是苟延残喘,呃,还有苟且偷生!

"是吗?"

"啊,对对。"方锦谄媚地接话。

"这不是能听见吗?"林渊的语调里多了几分嘲弄之色。

方锦觉得和林渊玩拉锯战太累了,她躺平了,不干了,爱咋咋的了。

小姑娘闭上眼,视死如归:"阿渊,要杀要剐悉听尊便!你下手吧!"

她英勇献身,倒轮到林渊语塞。他缄默许久,道了句:"想死在我灵府里脏了我的殿宇吗?想得倒挺美。"

听他这话,方锦知晓,他这人惯有洁癖,暂时不杀了。

"那敢情好,我也觉得是该尊重一下你的地盘。"方锦松了一口气,脸上又绽放了笑容。

还没等她开口说两句赞颂林渊大义的话,她肚子就传来一阵"咕噜噜"的响动。

啊……这个,方锦蔫头耷脑,眼巴巴地望着林渊,盼他能懂她的迫切——她总不能同劫匪提要求吧？

林渊见小姑娘为了讨食可怜兮兮地凝望自己，他欲语还休，总觉得自己这个劫匪当得十分失败，而方锦这个人质也很不称职。

双方僵持着，还是方锦先破了功。

她小心翼翼地同林渊撒娇："阿渊，我饿。"

林渊静默了许久，他想，或许是他第一次囚禁方锦，没什么经验，往后多囚几次，便熟能生巧了。

于是，他问："你想吃什么？"

方锦没料到林渊是这般善解人意的劫匪，一时狂喜："我想吃金银枣、五仁酥、烧鹅、花生酥心糖、地瓜干……"

她报菜品名录一般道出来，半点没有畏惧林渊之意。

林渊半合上眼，咬牙切齿："不可得寸进尺，只许选一样。"

"哦，那就烧鹅吧。"

"嗯，且等着。"

想了想，林渊似不放心，他捏了个诀，一团蓝芒过后，一只银镯被捏在指间。

林渊把银镯佩上方锦脚踝，道："此物乃缚神镯，若你离我几丈远，便会爆体而亡。你好生掂量，莫要挑战我的底线。毕竟妖王并不似你想象中那般心慈，我放你一马，也只因你乃凰女，我留你血脉有用。"

方锦懂了，这厮宠人还要讲个歪门邪道的章程，不然很难体现出妖王气概。

呵，她是林渊心尖尖上的人啊，怎可能被一只小小银镯束缚？

方锦半点不信邪,晃荡那只银镯就要跑远。

岂料刚跑开两丈,方锦胸口一疼,竟生生喷出一口血来。

她回头,擦了擦嘴角的血,把余下的血咽回肚子里:"你玩真的?"

林渊勾唇:"不然呢?"

"算你狠。"

她老实了,不敢跑了,有了做人质该有的觉悟了。

02

方锦知道,有银镯在,她逃脱不得,于是近日非常乖巧。

她原先以为自个儿拿的是"大魔头怀中小娇妻"剧本,岂料她命不好,拿的是"里外不是人的天界细作"角色。往后,林渊真要发难,恐怕她天上地下都没地方躲了,得早早谋求退路。

她忽然想起自己同林渊有一段露水姻缘,而且她是纯情魔王的第一个女人……那么,是不是代表她能借此生事,多多谋求点好处,以求长生?

方锦心里做了决定,当夜就用千里镜淘了件蛊惑人的金丝月华裙。

方锦头一次为了生存这般卖力,学着楼里的花魁姑娘扮相,对打算上榻休憩的林渊急急抛媚眼:"阿渊觉得,我这身打扮俊俏吗?"

林渊抬眸,睥了方锦一眼,问:"你眼睛是入了沙?"

"没有。"她竟不知林渊是这般不解风情的人。

方锦困了，自讨没趣地扭了半天，偏偏神君不为所动。她指尖捏了个诀，褪去搔首弄姿的外衫，一同上了榻，横竖也不是第一次了！

她这般坦荡，倒让林渊有几分不自在。

他正人君子地往旁侧一挪，不让姑娘家靠得太近。

暮色浓厚，月辉入窗。

林渊于夜色中睁开眼，他轻声问了句旁侧的方锦："你没什么想问我的？"

见方锦没被吵醒，他再次摇人。

烦不烦！方锦睡到一半，被人硬生生吵醒了，她刚要发作，又想起自己的命门被林渊紧攥在掌心。

她识趣，语气里的愤怒不见踪迹，唯有满满的困倦，含混不清地答："唔？要问什么？"

"为何我明明是人神，却有妖王之气，而妖王剑渡渊又为何臣服于我？还有，我留你究竟所为何事？我若是妖王，那么起初我又是如何借铲除妖王之身飞升成神的……"林渊一桩桩一件件地掰扯给方锦听，后者听得一愣一愣的。

转瞬间，方锦"扑哧"一笑："阿渊不是很清楚我想问什么吗？你既知道，自个儿又不说，我何必强求呢？"

她很看得开，还拍了拍林渊的肩臂，宽慰他："你既不说，我也不强行逼问，否则多伤感情。"

林渊头一次这样疑惑，他抬手，按了按发疼的额头，道："你……实在与常人不同。"

方锦当林渊是夸赞，正要说点什么，哪知林渊忽然发了瘾症似的唐突地扣住了她的腕骨，将她朝自个儿这处施力一带。

兰草的清香扑面，她直直地倒入他怀里，是温热的躯体，她跌得并不疼。

怎么忽然这样亲密？林渊好奇怪啊。

方锦不免想到他说的从前在凡尘历劫的那一场风月事……

她头一次耳尖发烫，燃起了一团火，结结巴巴地唤了一声："阿渊。"

"嗯？"林渊慵懒地哼出一声。

他也没旁的动作，就这么任她待在怀中。

方锦搞不懂他了，到底是戏耍她还是怎样啊？

"你若真是妖王，总能制得住我兽性的……既如此，凡间那一回春事，你是自愿的吗？"她记得他说过，是自己莽撞动手，他不敌她，才成了事。

若他敌她呢？那算不算两情相悦，是他甘愿献身？

内里信息有些多，方锦需好生捋一捋。

林渊没料到她聪慧至此，竟能辨析出这一桩私事。他微微眯眸，好半晌才答："我确实是故意为之。"

方锦朝他挤眉弄眼："我就知你爱慕我已久……"

"不过，我是想借凰女的妖性，破开妖王残魂封印。"

"你在利用我？"这一次，饶是心大如方锦，也有几分伤怀了。

林渊一面庆幸她总算被他所伤，知邪魔的恶性，一面见她懊丧又莫名有些揪心。

方锦于房事很看得开，无论是冲动之举，抑或是无心之过，她都能接受……但不该是欺骗、隐瞒，以及阴谋。

这样，显得林渊很卑鄙。

她曾经还因"自己利用失控情事不得已夺走林渊元阳"一事而深深愧怍过，那时的她在林渊眼里，定然是个笑话吧，被利用了还不自知，还在畅想后宅多一位正牌夫婿会是什么样的景象。

她真心实意想过接纳林渊的，便是妖邪也可以，只要他不再害人。

特别是如今时局稳定，方锦也想帮他改邪归正。

只可惜，一切都是谎言……

她被骗了，真是傻姑娘，蠢到极致。

方锦鼻腔有些许发酸，她眼泪都要掉下来。为了不在林渊面前露怯，她只能沉沉低着头，不让任何人看见。

林渊抿唇，忍不住抬指拭去方锦的泪："你哭了？"

方锦垂首，强装无事发生，风轻云淡地笑："嘿嘿，没事，夜里风沙忒大。"

怕他不相信，方锦粉饰太平，又补了句："你之前不也说我眼睛入沙了吗？嗯，是真入了的。"

"窗缝都没开，明明无风。"他一点体面都不给她留，强行戳穿她的谎话。

也是她嘴笨，撒谎的技法也这样拙劣。

她好像从头到尾都没有聪明之处，难怪被人日日看笑话。

方锦的声音更闷了，她忍不住抠了抠被褥，嘟囔："能不能帮我把银镯解开啊？我就只是想出门喝个酒，很快回来。"

"人质不该对我提要求。"

方锦抹去脸上的泪，讪笑："也是，是我僭越了，阿渊莫要见怪。"

她像一具尸体一样趴在枕头上,这样落的泪就会陷入枕头套子里,至少不会被林渊看到。

她强硬地闷住自己,瓮声瓮气地说自己要睡了。

这一回,无论林渊怎样推搡,她都发誓要装死到底,决计不肯醒来。

方锦死守着自己最后一份尊严,终是忍不住睡了过去。

今夜,她做了一场梦。

梦里,无尽的血雨灌在她身上,浑身都是催人作呕的腐臭腥味。

冥冥之中,她好似被林渊的声音唤醒,他引她入梦,亲昵地喊她"锦锦"。

方锦望着眼前不苟言笑的俊美神君,犹豫不敢上前。这不是她自己做的梦,是林渊在背后操控。

好恶毒哦,连她的梦都要左右。

唉,谁让他是法力无边的妖王呢?她技不如人,没办法的。

"锦锦,过来。"

他又喊她。

林渊是在邀她去看他的梦吗?

方锦察觉到,她已经涉足了禁域,这是林渊的灵府结心之地。

神有灵府和神识的说法——神识对于人来说,就是魂魄;而灵府,则是一个人的心脏,藏着魂核。若是神力超绝者,灵府坚不可摧,擅闯灵府者便随主人心意受困其中。然而,再能耐的宝地，也有破绽与软肋，那便是结心之门。

结心之地藏着神主的记忆与喜嗔，若破结心，灵府坍塌，魂核被毁，神便会湮灭。

即便是立了婚契的仙侣，也未必会纵容爱人踏入灵府结心之地。但林渊好奇怪，他对她不设防，甚至是故意纵她进结心之门。

有埋伏？方锦迟疑了一瞬，后来想想又觉得不可能。她是神身，而大开结心之门的林渊等同于抛开杀器，任她取命，他何必要置自己于险境之中？

难道是试炼？只要她一起杀念，林渊就会先一步了结她……

嗯，这个想法很靠谱。方锦微微一笑，丢开手上所有法器，一脸人畜无害。

当她傻吗？她才不就范！她还想多活几天呢！

不过，方锦还是想错了，林渊并没有设计她，他蓄意引她入结心之门，是有东西想给她看。

方锦越往里走，丝丝缕缕的血气与怨气越重。无数枯枝从地底钻出，牵扯攀附她的裙摆，似要拉她坠入阿鼻地狱。

"哗啦"一团蓝色莲火烧至她裙侧，仿佛舔舐上腿骨，轰轰烈烈烧尽了所有邪祟。

是林渊在护方锦前行，他释放神力，保她无虞，给足了方锦安全感。

在林渊的庇护之下，方锦走得更深了。

不知过了多久，最先入方锦眼帘的，是一座小村庄。

这是很多年前,人、妖、神纵横的世界。弱肉强食的地界,也是方锦所不知的领域。

她生来便是上古高贵血脉,不必修炼便能得神身。她一直高高在上,又如何知晓人间是有阶级的,需一步步攀升,方可平步青云。

而那些强者足下踏着的,皆是无辜者的血泪与骨肉。

彼时,邪物也可修炼飞升,大道不论对错。

她隐约看到了林渊的过去,他可怜弱小,全无现在的冷酷无情。

一个十多岁的少年郎,身上没有神泽,也没有妖气,只是一个普通的凡人。

方锦觉得那样年幼的少年郎十分青涩有趣,也很好欺。

直到他被同族人类卖给妖僧,尖锐的刃具刺入他的脊背,破开他的皮肤,血溅三尺,遍体疮痍。

那样锐利的凶器,就留在他的琵琶骨里,禁锢他的行动。

无人心疼他,无人拯救他。林渊就这么被放着血,泡在玄冰池里苦苦煎熬。不知过了多久,他的皮肉泡得发白,起了褶皱,似要泡化开了。

林渊是天生剑骨,他的脊骨乃神器,也可以说,他的肉体就像是剑鞘。妖僧如果用玄冰池完全融化他的肉身,哺给剑骨来食,便能锻造出一把惊天地泣鬼神的神剑。

渐渐地,林渊不像个人了,而是一具任人摆布的、塌皮烂骨的尸体。他乃傀儡,是行尸走肉,没半点人类的鲜活气儿。

方锦莫名有点可怜他。

明明她刚刚被林渊欺负过,她竟也能放下仇恨……方锦蹙起眉头，喃喃自语："阿渊，我该如何救你？"

原来，她还是同情他。

林渊双目赤红，不知混淆了多少血与泪。

明知没有希望，可他还是一遍遍呢喃自语："有没有人来救救我？有没有人？"

凄怆入骨的呐喊，绝境中勃发的、更深一层的绝望。

他曾向神明求助过，但是神佛捂住耳朵，不听他的祈愿。

后来，他不再喊人了，而是唤妖："有没有妖邪来救救我？只要救我出去，命都是你们的……"

没有人回应林渊，只有他的仇家，那个妖僧。

他一日日来找林渊，他要把林渊铸成天下第一剑，拯救苍生。

可林渊，不也是苍生的一分子吗？为何……独独舍弃他？

他做错了什么？是他出身不好吗？如此，便要沦为最下等的货色，要被人踏着面门辱骂、践踏。

凭什么？天道为何如此不公？

林渊一声问着黄天，可偏偏神佛无眼，亘古长眠。

佛陀慈悲，济世不救人。

方锦似乎明白，林渊为何抛弃人族，入了妖族，他为人族所累所害，又怎会再为同胞卖命？

这世上的仇恨，是有因果的。

方锦不知道林渊是如何逃出妖僧魔爪的，可以庆幸的是，他没有死，他全须全尾地逃出来了。

不仅如此，他还得到了很好的照料，好好长大了。

他已经明白想要在世间存活，必须要爬到高位，去到任何人都无法比肩的高台。

　　他不想修行求长生，他知神佛不慈悲；他也不想封侯拜相，他见多了世态炎凉。于是，林渊堕了魔，他闯入妖域，以血肉与妖剑渡渊缔结主契。

　　渡渊没那么好收服，会源源不断吸食主人的修为与血肉，直到满意，愿意效忠于主。

　　若渡渊不知餍足，还有可能生吃了主子。

　　所以，不管有多少人馋渡渊的力量，没有一只妖邪能坚持到最后，掌控渡渊。

　　可惜，渡渊再能耐，遇上的是不怕死的林渊。

　　林渊任渡渊吸食，即便他的人识与魂魄都要被魔剑吞噬涣散了，他还不愿退缩。

　　渡渊哪里见过这样不怕死的主子，一时寒剑长鸣，先服了软。

　　自此，所有修为都反哺回林渊体内，连带着以往渡渊吸食过的所有妖邪的修为。

　　忠心侍主，不会叛变，这就是渡渊的"嘱咐"——妖王剑的宿命便是造主，唯有主人赴死，才能复生，重塑妖骨。

　　如今的一切，都是林渊理应得到的奖赏。

　　林渊的妖力之盛，妖域无人能敌。他成了新一代的妖王，天上地下，唯他独尊。

　　凡间都知，三界新出了一个大魔头。

　　魔头之名，不因林渊做错事，伤及无辜，只因他是妖邪。

　　林渊得到强大的力量便闭了关，他不怜悯苍生，也不在意苍生如何。他只是想自保，得到了强盛的妖力后，他就归隐。

妖族比人族表达情感更热烈、赤忱，他们多番打听，终于知道林渊所在的洞府。

这是新来的妖王，要好好款待！

每天，他的府门外都有源源不绝的供品。好在妖精们都识趣，知道一些内情的妖邪都劝后辈不要给林渊送人类，更有妖邪为了逢迎林渊，主张全族不要再吃人了。

他们甚至开始亲近起人族，这一切都因林渊是他们的王。

妖族的喜恶，总是这样简单、炽热。

凡间的风向又变动了，同妖族接触过的人族意识到，或许妖邪也没那么可怕。

一些人族还会同妖族通婚，归隐山林，生下半妖。

林渊早已辟谷，他在洞中一日复一日沉眠，不问世事。偶尔捏一个诀观一观人间事，会看到自己府门口那一堆堆供品。

往常，妖怪们怕打扰林渊，送完东西便走了，偏偏这一次，大家伙儿围聚一团，窃窃私语，良久不去。

林渊本是铁石心肠的郎君，今日难得起一丝涟漪。

他思索一番，还是出了洞府。

小妖们见妖王出世，全都惊得瞠目结舌，忙一齐跪拜他。

林渊微掀薄唇，难得问出一句："何事喧哗？"

小妖们头一次见妖王，只觉他威风凛凛，不可直视。大家你推我攘，终是开口："往常给大王送桃子的那个阿虎，大王记得吗？"

林渊缄默，他什么都不知道。

"你傻啊！大王日理万机，如何会记得那起子小事！"旁侧的蛇妖拍了小妖脑袋，谄媚地笑，"阿虎、阿虎被神君抓走了，他明明是给了钱才和人买的桃子，神君说他是妖，满脑门坏心思，如今绑了人要祭天呢！他们来者众多，我等不敢出面，只能来求大王……"

林渊想起他们年年如一日上供，虔诚地当他的信徒。

恍惚间，他又记起当年在玄冰池中，他孤立无援，求神告佛，无人相护。

他既是托付妖族而生，如何置身事外？那就心存慈悲，助他们一回吧。

毕竟这一世，他同妖族的因果，怕是牵扯不清了。

03

凡人这些年也发现神族救世倦怠了，他们与其求神拜佛，还不如用一些时兴的吃食贿赂妖族。

妖怪也有妖力，能庇护凡人。

几十年过去，有些家宅里还修葺了祠堂，专门摆放妖王的神龛。

神龛漂亮极了，檐角飞翘，下坠金色铃铛，镏金梅花浮雕层叠堆砌，自带威压，既妖冶又富贵。

因人类也成了妖王的信徒，小妖们才会出手相助，稍稍庇护。

本是人妖和睦共处的桃源，偏偏杀进来几个"斩妖除魔"的神君。他们不知是为谁立威，不知是为谁辩白，执意要斩杀这一只虎妖。

阿虎吓了一跳，再想开口，他已经被缚妖绳绑起来了。

那些神君把整个村的凡人都赶出来看，他们义正词严地道："尔等被妖邪蛊惑多时，今日，神族为你们除妖来了！"

人们俱是面面相觑，半晌不语。

他们没觉得妖怪哪里害人……但神子们手上有法器，他们俱是不敢言语，弯起脊背。

说来讽刺，比之妖邪，他们更畏惧神明。

这样的神情，让神族更为恼火。

凡人们都去供奉妖王了，他们私自断了香火，任庙宇荒芜，门可罗雀。

可恨！真是可恨！

妖族果然是卑鄙无耻之徒，竟拉拢起人族了！他们定是想蛊惑这些灵智未开的凡人，借以一统三界！

于是，神君们对视一眼，心里有了个主意。

只要他们刺激阿虎伤人，逼阿虎在这些凡人面前露出妖相，那么他们的话便是真的。

可惜阿虎自打出生以来就没吃过人，和村民们相处融洽，还时常待一块儿嬉闹，帮着狩猎。

妖兽讲义气，信赖亲族。他把人族归为妖王麾下，当成自己家人。

既如此，又如何会弑杀人族呢？

于是，阿虎没有就范。

即便他被这群神子踩在脚下践踏、碾压，他也没有对村民们嘶吼。

神子们怎知这只妖兽如此顽固，他们发了狠，动用仙术，斩断了阿虎的一条腿。

血气大作,妖风飒飒。

阿虎浑身鲜血淋漓,他疼得仰天长啸,实难忍受,最终,他朝神子们扑杀过去。

只可惜,他太稚嫩、太弱小了。

蝼蚁一般低贱的妖啊,怎敢冒犯天威。

企图弑神?他怎敢?他也配!于是,神君们指尖捏诀,幻化出华光,那煌煌光线织成了一张网,裹住了阿虎。

随着软线逼近,阿虎瞬间被光线包裹,四分五裂。

不只是妖身毁坏,神子们心狠手辣,竟把他的魂核也捏碎了。

灰飞烟灭,不复来生。

不过是一只孽畜罢了,胆敢同神仙斗,真是可笑。

神子们未能成事,意兴阑珊。

他们正要走,却被旁的事物拦住了去路。

只见无数条青脸獠牙的妖蛇冲杀过来,密集如网。他们破开所有神族的屏障,犹如一支支势如破竹的箭矢,钻入神子们的神识中,直刺入神君们的灵府。

那些古怪的蛇影束缚住神子们,力量大到惊人。

魂核就藏于灵府之中,一旦魂核被毁,只剩下灰飞烟灭的结局。

这是要他们元神俱灭,再不得复生!

"轰隆"一声,一团血雾炸开,神君们的魂魄在慢慢消弭。

但是他们还有一丝残识,死不瞑目,谁攻击了他们啊?他们死也要死个明白啊。

"如尔等所愿。"

这时，他们看到，万顷风尘揭地起，飞沙扬砾，烟尘斗乱。忽然，一名青衫飘逸的郎君飞身而出，他使了化颜术法，仙力低微的神子根本看不清他的脸。

是谁啊？究竟是谁这样狂妄？

妖吗？

不可能！妖族不是能比肩神子的邪祟！他们都是弱小之辈！

可是，神君们再嘴硬，他们也都要死了。

在神君们灰飞烟灭之前，那位妖气森森的男子终是开口了。

他嗓音冷冽，如昆仑山上最寒的一捧雪。郎君居高临下，观赏神明陨落，他淡淡道出一句——

"抱歉，第一次杀神，有几分手生。"

原来是妖王啊，他来……救他的信徒了。

这一场风波过后，林渊没有久留，又走了。

林渊风头显摆够了，留下无尽传说，引人遐想。

凡人们躲在旁处看到了林渊屠神的全过程，他们明白，如今的妖族比神族更强盛。他们见到妖王留下的踪迹，被林渊的妖力所震慑。为求庇护，凡人开始推翻神族庙宇，建造起妖王的庙宇。

他们同妖族更密切，关系也更融洽了。

妖怪们与有荣焉，以为是沾了妖王的光，成功和林渊的同胞们打成一片。

他们不知道的是，人类是善变的。

人类如今亲近妖族，无非是因为妖邪不杀生，可供他们所用,也会帮他们做事。

大多数人都有劣根性,也有险恶的人心,这是神佛所赠予的礼物,也借爱恨嗔痴来区分人与神。

而人,如果不再供奉神族,那就是忘了本,要承受天罚。

离经叛道的凡人越来越多了……

帝君为此事担忧许久,若人族叛变,那妖非妖,神非神,他的帝君之位就岌岌可危了。

既如此,他就得斩杀那位来无影去无踪的妖王。

妖族无主,才可被神族掌控。

下一次出手,他要万妖成为他的奴隶,永生永世不得翻身!

妖族同仇敌忾,臣服于妖王,他们挑拨不得。神明们便向人类下手,他们赠予凡人羽化升仙的天路,再赐予功臣长生。

谁不怕生老病死?谁不想长生不老?

人心如墙头草,几句话的唆使便可两边倒。于是,他们渐生坏心,造谣妖邪杀人、吃人。

供奉妖王的神龛被推倒了,引起了妖族震怒。

人族和妖族发生了干戈,妖怪们不知道前些日子还与他们勾肩搭背的人族旧友,为何今日就刀剑相向。

他们不想还击的,可是不还手,斩断的就是妖怪的手脚。

不能啊,不能啊。

可是,很疼啊,真的很疼啊。

分辨善恶极其纯粹的妖物还是目露阴鸷,扑倒了村民。

得逞的内贼狂妄地笑着,他指着争斗不休的妖物,说:"看啊!妖怪本邪性,你们都被骗啦!他们勾结一气,欺瞒尔等,不过是想饲养你们,再一起拆吃入腹。"

他马上要飞升成仙了,这些凡人的死活与他何干?死得再多一点吧,天下再大乱吧!这样,他的"功劳"就更高了。

妖族和人族终于决裂了,世间生灵涂炭,血流成河。

无助的凡人们又开始祈求神明,祈求神佛庇佑。

帝君满意了,这一回神族占尽道义,是时候出手了——世上所有的妖邪,统统杀之,一个不留!

林渊察觉到异常,也是通过洞府外的那一堆堆供品。

小妖来得越来越少了,直到最后,一只都不来了。

他头一次生起寂寞的心绪。林渊不再避世,他从洞府出来,感受这个已经变了天的人间。

如他所说的那样,神和人狼狈为奸,很是恶毒。

真是可笑,他一个不人不妖的怪物,竟然起了怜悯之心。

那些小妖,真的很可怜。

林渊带着渡渊,一举杀上妖山,以一己之力对抗天界万军。

妖王助阵,妖族们看到了希望。他们热泪盈眶,妖王总是为了他们现身,总是在他们最无助的时候出现。林渊一定很爱他的族人,他们也很崇敬这位王者。

他们都是林渊的信徒,愿意为他赴死!

大家前赴后继地杀向神明,即便明知是以卵击石,他们也甘愿赴死。

"要为大王挣出一条生路!"

"救大王!"

"我等死不足惜,救大王啊!"

他们不顾自己的生死存亡,只是想这些恶劣的神明能够滚出妖界,能够远离他们的妖王。

他们不怕死，但他们害怕林渊受伤。

即便妖王真的很强，但凡事都可能有个例外。特别是神明卑劣，从来不庇护妖怪。

林渊看着眼前的尸山血海，颊上忽然一凉。他抬手触碰，原来是一滴眼泪。

他不是已经塑造了妖骨吗？不是抛弃了凡人的情爱劣根吗？为何他还会有泪？为何他还有七情六欲？为何呢？

林渊不明白的事情太多了。

但是，他当年的"求助"，终于有了回音。今日，有人来救他了，有人义无反顾为他牺牲，以命护他。

真好。

林渊那双漂亮的凤眸顷刻间变得赤红，无尽缭绕的妖火，焚烧整个凡尘。

他的脊背鼓囊，火翅破皮而出。这是为族人幻化出的强盛妖力，他要保护他们。

林渊越战越勇，族人却越死越多。

而神明众多，杀是杀不完的，这场战役只会无休止地进行下去。

林渊终于明白，帝君这般恋战是为何了。他们不是想打赢这场战役，只是以"为民除害"的伪善大旗，猎杀妖族！

不能这样，绝对不能！必须要终止纷争。

林渊心生一计……

他登上妖山，硬生生从脖颈里拔出了自己的妖骨。

鲜血淋漓，触目惊心。

他执着妖骨，变成了人身。

虽说妖力丧失不少，但好在，骗骗这群愚蠢的神明，已经足够了。

他站在高高垒砌的尸骸之上，执着妖王剑渡渊，递出妖王的躯体，对天神们道："天下第一剑林渊，为神族效力！现下，吾已将妖王斩杀，灾厄可平息了！"

他是人，是和妖族对立的凡人，是人间战神。

帝君见有人神出世，还一心投奔天界，他对林渊很满意，赞扬人神的丰功伟绩。也是这一日，林渊抛弃了那些妖邪，以人神的身份位列仙班。

请不要误会他。

他只是在静候时机，他要藏入天界，伺机为小妖们复仇。

有朝一日，林渊会夺回身体，毁去道貌岸然的天界，斩杀所有神族。

他以命起誓。

第四章
枝上柳绵吹又少

01

对于方锦而言，林渊实在是个别扭的人。

他是想同她道歉，同她解释起因经过吗？他什么都不说，只引她入灵府自行回顾记忆是怎么回事？

说敷衍吧，他确实把最为核心的秘密告知她了；说有心吧，方锦又等不到一句致歉。

况且她知道他这么多秘辛，保不准还会被灭口。

想到生死，方锦又有点惴惴不安了："阿渊，你要杀我吗？"

林渊被她这句话噎了噎："我不会杀你。"

"为何呢？是你偏疼我吗？"方锦为了活命，手段还是有点下作。只要能将自己定位成"妖王小娇妻"，林渊杀人灭口，总会念一念旧情吧？

"你救过我。"

"嗯？"方锦被自己"救命恩人"的身份吓了一跳，她迷迷瞪瞪又问了一句，"我在你的记忆里并没有看到……"

"我封存了那段记忆。"林渊撇过头，难得避开她探究的眉眼，耳根泛起一阵不自然的红。

"为什么？"

"没为什么。"林渊语气不善，有意制止她刨根究底。被方锦从妖僧手上救出的那段日子，是他最为狼狈不堪的时刻。他弱小无助，只能奢求方锦的庇护。

那时的他太无能了，不是一个合格的雄性伴侣。林渊有男人的自尊心，他不允许方锦发现这一点。

林渊不愿意说，方锦也不追问了。

她想，可能是某次举手之劳吧？她一直这样热心肠。

方锦问："那你接下来要做什么？"

林渊想着她也算是被拉上贼船的人，慷慨地解释了一句："利用你的凰女血脉，夺回封印的妖骨。"

"然后呢？"

林渊莫名勾起嘴角，若有似无地轻笑一声："杀上天界。"

也就是说，她助纣为虐，帮助林渊打自家老巢吗？难怪他笑得这样开心……

但冤有头，债有主，确实是帝君先对不起林渊，方锦被这一桩"天界丑闻"惊得还没能回魂，摸了摸鼻尖，一时间不知说些什么好。

方锦为掩饰尴尬，看了半天窗外的月亮。

良久，她又想起一事，战战兢兢地问："那你如果利用完我，还杀我吗？"

林渊古怪地看了一眼方锦。对于神族，他没有任何好感，偏偏方锦又是极为不同的那一个。她救过林渊，虽不知缘由，但林渊知恩图报，总会报答她的。

所以，他才没杀她，一直将她留在身边。

可是，林渊若杀上天界，早晚会和方锦对立。到那时候，她还安全吗？她会不会也满心想要他的命？

方锦被林渊凝望许久，那眼神如毒蛇一般探寻她周身，她后脊的汗毛都要竖起来了。

好半晌，林渊才微微启唇："再看吧。"

嗯？这是什么话！

方锦真想拉住林渊的衣襟左右摇晃呐喊，要杀要剐，你给个痛快啊！钝刀子割肉很爽吗？

然而现世里，她像只待宰的鹌鹑，什么都不敢说，只朝人歪了歪头，乖巧一笑："阿渊，我看完你过往记忆，对你的过去很是同情。念在你我认识这么久的情分上，我愿意当你的人质，助你一臂之力。我是站在你这边的，你要好好待我。"

林渊冷淡地抬了抬下颌："嗯，看你表现。"

"好的，我会好好展现自己的优点，给你看到我真正的实力。"她本来还想说"想我弃暗投明？给我一百袋仙石看看实力"，现在看来，她能不能好好活下来都尚未可知，还是先用最短的时间攻略林渊，同他建立深厚情谊，叫他不舍得杀她吧！

人在江湖飘，哪有不挨刀。为了生计，人生风雨路真是举步维艰啊，方锦心酸地想。

方锦决定展现一下她的厨艺。

她亲自为林渊烤了一只烧鸡。

当林渊看到那一块乌漆漆的焦肉，以及方锦脸上意味不明的微笑时，他一如既往地沉默了。

方锦讨好道："您、您吃，专程等您来的。"

林渊艰涩地发问："你是想……下毒？"这么明显的毒计吗？

"嗯……有没有可能，我只是想先用厨艺捞住你的胃呢？"

是可以捞，不过是动作上的，能把脾胃都吐出来。林渊皱了皱额心，道："我来吧。"

方锦惊喜："你还会做饭呀？"

"不难。"

"哦。"也就是说，虽然不会，但可以学。他是天赋型选手啊，真气人！

林渊学东西果真很快，他说做餐食，没两下便烹了一桌子菜。方锦瞧着色香味俱全的一桌席面，忍不住颤声，问："你、你在人间，是个厨子吗？"

林渊静默半晌，道："不是。"

"好吧。"

隔了一会儿，他下了定论："你在敷衍我。"

方锦夹菜的筷子陡然一抖："哪有！"

她哪敢敷衍他啊！

"你看过我的记忆了。"所以应当知道他的过去。

林渊于此事上格外较真，不依不饶的架势，令方锦有些许心虚，仿佛她是始乱终弃的渣女，对心上郎君不管不顾。咦，等等，好像她最初的的确确是这个形象……

方锦讪笑："我随便说的，只是为了活跃气氛。来来来，阿渊，吃菜吃菜，这个肉不错，滑嫩极了。"

"我辟谷了。"

"辟谷又如何？长了嘴不就是吃的吗？给我方某人一个面子。"

林渊被她闹得头疼，还是落座了。

方锦格外热情且殷勤，为他斟酒、夹菜，哄他吃喝。她一双杏眼亮晶晶的，问："这菜如何？适口吗？"

林渊艰涩地答一句："尚可。"

"你喜欢就好，不枉费……"方锦这时才想起，一桌子菜都是林渊煮的。她借花献佛的动机未免太明显了。

于是，方锦干咳一声："不枉费你花了那么多心血烹食，你看，努力是可以成功的。"

她忙拐了话音，给林渊说起人生道理，把话圆了回来。

虚惊一场，方锦擦汗。

这一顿饭吃得实在太安静了，方锦想要活跃一下气氛。她问："阿渊，我方才见你煮饭没看菜谱呀？你那菜谱藏哪儿了？我也学两下，改日煮给你吃。"

她说这话其实很有心计，故意给林渊画了个饼，期许一下美好未来。这个"改日"也用得很巧妙，没有特定日期，只是将来的某一日，那林渊说不准就不会杀她，就等着这一顿饭食。

林渊没方锦那么多花花肠子，闻言只是轻声说了句："没菜谱。"

"无师自通啊？"她很失望，那她的计划不是落空了吗？

林渊观她落寞神色，想岔了。沉静很久，他再度开口："年幼时曾见别人的阿娘煮过，留了一下心。"

他说得风轻云淡，方锦却知，能把做菜步骤记得这样牢、这样久，他一定在旁人的家宅外伫立很久吧？

偏偏他只是一个过客，没有父母怜惜，最后更是被妖僧踩在脚底。

林渊，似乎从未感受过旁人的温暖。

方锦莫名有点可怜林渊了，她想起林渊那一段沉痛的记忆，心里五味杂陈。

她是神族人，她的立场其实不允许她对大魔头心生怜悯。但方锦还是想这样做，她大胆抚上林渊的手背，紧紧握住，仿佛这样就能给他传递微乎其微的温暖。

方锦想说什么，可最终，她什么都没说。

言语太苍白了，听着好似蓄意讨好。

她现在显露的关怀是真心的，正因为是真情实意，才不需要富丽堂皇的言语点缀。

至少，还有人愿意关心林渊，至少现在的她，愿意关怀他。

林渊的手被方锦抓得很紧，他想抽回，最终又放弃了。

不知为何，他忽然贪恋起这一瞬的温暖，即便他知道，他不配拥有任何温情，早晚一日，方锦也会把匕首对准他的心脏。

他是毁天灭地的魔主，会遭人神唾骂。

可是……至少现在，他还有人陪伴。

与独自待在洞府里孤寂的百年不同，他身边有一个愿意靠近他的姑娘。而方锦，在他孤立无援的时刻，救过他。

她无所图，心甘情愿救他。

为什么呢？林渊一直想问，但方锦忘记了，那么便算了吧，不问了。

他其实，对方锦并没有坏心。

至少，他不会如她所想的那样杀了她。

方锦握了半天，还是因自个儿手汗太重，松了手。移开之前，她还小心地往林渊袖子上擦了擦香汗。

见状，林渊内心的感动顷刻间荡然无存。

"吃完了？"他瞥了方锦一眼，凉飕飕地问。

"嗯。"方锦放下筷子，想了一会儿"谁去洗碗"这个问题。

林渊却没她那么多事，直接捏了诀，把桌上的脏碗筷变没了。

好吧，也是一个办法。

"走吧。"林渊起身。

方锦蒙蒙地问："去哪儿？"

林渊似是想到什么，笑了下："去取妖骨。"

林渊自己都没意识到，他的笑容有多恐怖。明明是郎艳独绝的容貌，偏偏浑身上下遍布腾腾杀气。

方锦再蠢也知道，她取来了妖骨，那她还有用处吗？没了。一个没用处的敌对势力的女人，能干什么？杀了。

方锦只觉项上人头都朝前挪了点位置，她憋了半天，才开口："今日天气不好，真要出门，咱们算个黄道吉日吧……"

林渊怎可能不知她在想什么呢？

他冷笑道："左右破阵只需凰女之血，你是死是活，于我而言，干系不大。"

听得这话，方锦"哈哈"两声笑："走吧，总不能因我迷信，就坏了你的复族大业。"

"嗯。"林渊很满意方锦的识相，领她一道遁地，没一会儿便来到了一处偏僻的山头。

眼前本是一片桃源，在林渊刺破方锦的手指，落下凰女之血后，那一层翠绿园林的假象便逐渐消弭殆尽。

艳红的血沿着结界四周焚烧，将绿光屏障一点点蚕食殆尽，露出底下的尸山血海。

浓厚的血腥味与尸臭钻入鼻腔，让人作呕。

方锦望向自己流血的指尖，忍不住发问："阿渊，为何我的血能摧毁这个结界？"

林渊道："凰女有涅槃骨相，若以你骨血破阵，便可令万象返璞归真。"

也就是说，凰女之所以尊贵无比，缘于她血脉的特殊。任何结界都拦不住她，无人能阻她去向。

方锦："怪道你把我锁在灵府之中，我在灵府里是神识形态，用不上凰女血脉。"

林渊顿了顿，好半晌才解释："我当时只是寻求便捷，倒没有想那么多。"

"没事啦，没事啦，我又不会怪罪你。"方锦不在意地摆摆手，殊不知林渊已紧紧抿起了唇瓣。

她不信他了，所以他的话真假参半都与她无关。

确实，林渊没有必要同她解释那么多，本就是大恶人的身份，缘何要洗刷自己的罪孽，好叫她少恨他一点。

真是多此一举，林渊自嘲一笑。

小白自林渊怀中游出来，打了个哈欠："主人，你总算同这个小娘们撕破脸了。你之前总推脱，耽搁大业，真是看得我着急。"

闻言，方锦抬手敲了敲小白的蛇头："你就见不得我好吗？"

小白朝她"咝咝"两声："主人让你活了这么久，已是发了慈悲，你还敢和吾吵架！看吾化身妖王剑不一口吃了你！"

"来啊，来啊，反正我也不想活了。"方锦作势要和小白打架，被林渊拦腰抱回来。

"别说话，这里有些不对劲。"

方锦和小白俱缄默下来，毕竟这里实力最强的就是林渊，大哥都说不行了，他们这样的小角色谁敢插话呢？

只是，方锦低头看了一眼腰身上覆着的一只修长玉润的手，手背青筋微突，用力极大，满满警惕。

一个恶人，在紧要关头，竟还担忧她的安危吗？

方锦心神一颤，很快又醒悟过来。

他只是怕她耽误大事，他没什么好心。方锦落寞地垂眸，这一次，她不会被他骗了。

林渊面色凝重，手里蓝芒骤现。小白似是听到召唤，蛇身扭曲成一团，继而幻化成一柄凛冽的蛇纹长剑。

"哗啦——"光瀑倾泻，上古妖王剑重现三界！

林渊执着剑，一瞬间飞身至半空。他动，敌军也动。

不知从何处钻出几道赤焰，连带着几团火链自四面八方，气势熏灼，如天罗地网一般困住了林渊。火龙来势汹汹，越收越紧，意图牢牢束缚住他的身体。

困住他！该死的擅闯者！

"呵，原是藏了一手。"林渊不是当初那个任打任杀的人神，他吞噬了从前妖身的魂魄，妖力已然恢复了七八成。只待将此处夷为平地，便可夺回妖骨。

　　然而这事并没有想象中那般简单，那几条火焰长链竟化了形，猛然变成几条张牙舞爪的蛟龙。刀劈不断，还能吸收他人的法力，林渊同它们缠斗半天，在云中上下翻腾，竟也打得难舍难分。

　　方锦在底下看得焦心，她担心林渊死了，她逃不出去，真就要被困死在这里了。

　　她朝天空高声喊："阿渊，你打得过吗？"

　　身手遭到质疑，林渊隐隐流露出不满之色。

　　但他转念一想，或许方锦是在关心他……关心他这个大魔头吗？这神女真有意思。

　　林渊心神一动，竟被火龙寻到了破绽，一下子朝他胸口挠了一爪。

　　火龙的爪子上全是侵蚀肉身的汁液，沾上了衣，蚕食了一片血肉，而且那吃人的黏液还在往林渊的四肢百骸里钻。

　　这哪里是护阵的神兽啊！分明是妖物！

　　林渊心脉受损，漫天血雾。

　　他是肉身，吃了痛，顷刻间从空中陨落。

　　触目惊心的情景吓了方锦一跳，她急忙飞身去迎，半道搀住了林渊："你没事吧？"

　　"无碍。"林渊冷酷地答话。

　　"你都吐血了。"

　　林渊抬手擦去嘴角的血。

火龙乘胜追击要再次突袭，竟不管方锦身上缭绕的神气。她帮林渊破阵，便是擅闯者，而闯入禁域的活物，杀无赦！

这一回，林渊动了真怒。这股子戾气助他快速吸收妖王剑身上的秽气。

小白很兴奋，多年不曾见血，主人总算是要用他了。

蛇纹钻入林渊体内，他的眼眶顷刻间变得猩红。"轰隆"一声，郎君的双目忽然燃起火光，脊骨破出一双火翅。

也是在这时，林渊手里的妖王剑迎风四散开，于他身后，幻化成一条青面獠牙的巨蛇。

蛇身高大无比，犹如遮天蔽日的山峰，不过一个恍神，便一口吞食了偷袭的火龙。

"刺啦"一声灼烧，火龙的修为被渡渊全数吞没，龙体消散于无形。

小白吃饱后，打了个嗝儿，又变回一条软趴趴的小蛇。

方锦担忧地问："小白死了吗？"

"无碍，只是吞了太多神力，有些受不住罢了。"

"哦，那太可惜了。"

"你方才不是担心他？"

"嗯？不是呀！怎么了？"

"无事。"林渊知道，她的想法总异于常人，无须多问。

没了火龙的庇护，妖骨总算显相人间。

方锦原以为妖骨是一块硕大的骨头，岂料它和她想象的截然不同，所谓妖骨，也只是一小团蓝色的萤火罢了。

妖骨认主倒是很快，一下子便知晓林渊所在，迫不及待地往他的身体钻，连带着剩余的妖王魂魄似也听到主子的召唤，从暗处一点点窜出。

　　无数妖力连同这一片尸山的妖魂全进入了林渊的身体，他仿佛饥渴了许久，开始吸收天地灵气。

　　幻境开始坍塌，支离破碎。

　　而预警的神钟开始敲击。

　　"咣当！咣当！"

　　不好，天界的人知晓了！

　　方锦想拉着林渊走，却见他有点不对劲，像是吸收了太多怨气，林渊的唇色变得乌黑。方锦被他吓了一跳，悸栗地问："你还好吧？"

　　林渊不是那种喜欢吓人的神君，他一声不吭，显然是出事了。

　　落石开始四下散落，地皮也开裂，无数熔岩毁天灭地似的溢出，要把他们埋没其中。

　　最可怕的是，方锦还嗅到了若有似无的仙气，也就是说，妖王封印被毁一事已然上达天听。若她还留在此地，同妖王牵扯不休，那她就是千古罪人！

　　跑！快跑！

　　方锦无法，只得化成凰鸟，背着林渊和小白去往别处避难。

　　还好她机敏，一下子就逃出了险地。

　　她后知后觉地回过神来，她跑什么呢？若是把林渊交出去，说是她抓住的妖王，那她非但不会被当成同伙，还可能是神界的大功臣！

　　真是失策。

　　不过那样一来，林渊必死无疑。

方锦想到他记忆里受过的苦难，一时无言。

她同情神界，那谁又来同情林渊呢？只因他和妖族是弱势，就不配有人相帮吗？

特别是……她还被绑着银镯，丢下他，她万一出事了呢？

方锦在心里纠结半天，待他们寻到一处深山老林的山洞时，林渊已经清醒了。

方锦松了一口气，她终于不必纠结了。

可林渊神色却不大对劲，他一直没开口，仿佛吸收了妖骨，得了后遗症，成哑巴了。

"你怎么了？"方锦怯怯地问。

原以为会听得林渊一句冷嘲热讽，岂料他只是定定望着她，倏忽笑了下，是温柔的眸色与温柔的笑颜。

他怎么了？为何会待她这样和善？

方锦生怕他被那些妖魂夺舍了，她小心翼翼地后退一步，问："你还记得我是谁吧？"

"锦锦。"他仍含笑，唤她的名。

他许久没这样喊她了，方锦莫名其妙有点鼻腔发酸。或许是他们此前原本有几分友情，可林渊暴露真身以后，两个人剑拔弩张地处着，谁都占不到便宜，谁都落不着好。

如今他绵绵絮语，喊着她的小名，仿佛两人又回到了当初，偶有情愫萌生的时刻。

她睁大眼睛，无端端落了眼泪，真是说不清道不明的情愫。

方锦觉得丢人，又要谎称"风沙大"。只是这一次，林渊扯着她的手腕，忽然把她抱到了怀中，紧紧搂住。

"阿渊？为何？"她想问，又不敢问，生怕从林渊口中听到什么难听的话。

怎知，林渊今日真是中了邪，待她过分温柔。

林渊同她耳鬓厮磨，一下又一下蹭着她的发，问："为何没有把我丢下？若那时，你丢下我。神子们赶来，我定是落得元神俱灭的结局。"

若是从前，方锦定要欺瞒他、讨好他，偏偏今日，她这样坦率。

方锦道："我是怕他们把我当成妖王的同伙，连我一起诛杀。但当我反应过来，我其实交出你就能脱身时，我又没能舍下你。阿渊，我不知道我为什么救你……我不同你撒谎，我没有那么纯粹的好心，但我也不想眼睁睁看着你死。或许我就是心慈的神女，只是不喜欢看着人死罢了。"

她东一句西一句，林渊被她说得发笑，却也想到"鸟兽脑仁纤小"，能考虑到这一项实属不易了。

"你无须懂，今后我教你吧。"

"什么？"

方锦再要问，林渊却打起了哑谜。

他总这样故作高深，方锦也懒得再多管了。

横竖她只想过两天好日子，同林渊这个洞府室友融洽相处几日。

02

林渊仿佛变了个人，不再对方锦冷嘲热讽，会给她煮一日三餐，还会照顾她的起居，偶尔还能对她露个笑脸。

方锦有些畏惧，战战兢兢地问刚吃完猪蹄的小白："你家主子……怎么了？"

小白因方锦救命一事，对她的印象也好上不少，深思了一番，道："主子应当是想报恩。"

"报恩？"

"你前些日子不是救过我俩吗？妖族最懂知恩图报，如今要报答你呢。"

"哦。"

原是这么一回事啊！

方锦理解后，受恩惠受得十分心安理得。

只一点，林渊夜里有点烦人，总要上榻为她暖床。

方锦不是没和他睡过，如今并排倒下倒也轻车熟路。她一头栽倒在软绵绵的被褥之上，鼻尖萦绕熟悉的兰花清香。

她浑身放松，眼见就要睡熟了。林渊偏偏这时作怪，忽然把手搭上她的腰侧，仿佛要搂她入怀。

方锦身躯一僵，紧张得浑身发抖。

她小声提醒："阿渊，报恩可以，不兴以身相许啊。"

林渊像是听到了什么笑话，闷笑两声："在人界时，你都将我吃干抹净了，如今说这话，不亏心吗？"

他这些事讲起来就没天理了，分明是他给她下套。方锦挑高了眉头，抗争到底："分明是你给我下了药，逼良为娼。"

方锦这话刚说出口，林渊就皱眉来捂她的嘴："不可糟践自己。"

她也不说了，两个人就这么既疏离又暧昧地横倒在一张床上共眠。

良久，林渊这个锯嘴葫芦终是悠悠然说了句："我确实有意引你暴露兽性，震开妖王魂魄封印，以求寻到妖骨去处。可你身上所中媚药却不是出自我手。当日见了你意乱情迷之态，我本可一意孤行离去，正因存着私心，才纵你行事。于这一点上，确实我心怀不轨，算计了你，但我也没有卑劣到对你下药的地步，本是打算从长计议的……"

方锦打了个哆嗦，这时才想起，那日林渊不过说了句："我确实是故意为之……"

她以为他很卑劣，对一个凡人身的方锦下药，原来他说的"故意"，只是帮她解开媚药时另有所图，没安什么好心吗？

他们各个心怀鬼胎，也算是各取所需。

"我还以为你欲成事，特地给我下药……"

林渊冷笑一声："锦锦未免太高看自己了。"

什么意思，嫌她丑吗？明明方锦的爱慕者能从南天门排到天凤宫。

"阿渊，我没魅力吗？"方锦转过身，忽然仰首，明眸善睐，凝望着人，直把人心都看化了。

林渊难得语塞。

一线月光倾泻洞府，覆在锦被之上，也照得方锦那双眼流光微动。

她这一回倒不算自恋，本就是花容月貌，又有暧昧夜色作掩护，更勾人心神。

林渊像是被蛊惑了一般，忽然低下头，吻了方锦一下。

浅尝辄止的吻，像极了一时鬼迷心窍。

方锦吃了一惊，再要开口说话，林渊已然背过身去假寐。

"阿渊，你为什么亲我？"

林渊沉默了很久，耳郭发烫。怕她一直烦，他没好气地嚷了一句："没为什么。"

"你真不讲理。"

半晌，他又气急败坏地说："你若觉得吃了亏，大可亲回来。"

林渊有时候真的很幼稚，方锦想，他应该就是故意气她的。

他说不过她，所以故意调戏她。

方锦怎么可能再亲回来？

她不傻，不会上当，要心平气和才能碾压林渊。

神女，绝不认输！

方锦在梦里打了林渊十八拳，"嘿嘿"笑了大半夜。而被方锦搂了一整夜的林渊压根儿没睡好，好在他的身子骨好，不休憩也无甚。

唯有鸟兽化成的神仙，才这样重欲。

唉，他且忍忍吧。

林渊心甘情愿当了方锦的抱枕，任她予取予求。

翌日清晨，林渊很难得地换了一身竹青色云纹长衫，如墨长发被一支朴素的竹节玉簪绾着，端的是风流蕴藉俏郎君仪容。

方锦很诧异他今日竟有闲心打扮，难不成是要盛装出席，杀上天界吗？

林渊熟门熟路地替方锦绾发，帮她妆点好后，他满意地颔首，道："我想带你去逛一逛人界的花灯会。"

方锦诧异极了，问出声："你拿回妖骨第一件事不是攻打帝君,而是带我逛灯会?"

方锦风中凌乱,妖王这么没有事业心的吗?

"有问题?"林渊故意鬼气森森地吓唬她,"还是说,锦锦希望我先抄了天界?"

"没有没有,甚好。"她也搞不懂林渊了,但抄家还是和宿敌出门玩,她当然选择后者!

说起来,林渊一直就是这样令人匪夷所思的神君,做事不按常理出牌。方锦在路上不免想,林渊带她看的莫不是神子们的头颅点灯吧?然后他坐在红绸软垫王座之上,单手支额,冷淡地道:"我与锦锦还算有一场缘,就由你来决定,先点谁的头盖骨吧。"

方锦浑身鸟毛都要炸了,她抖了抖,恢复神志。

这般情形即便骇人,倒也符合他魔头的身份……

奈何林渊带她看的是真灯会,各式各样花鸟兽形、中间点蜡的普通花灯。

方锦猜错了,难免有点意兴阑珊。

林渊皱眉:"你不喜欢吗?"

"喜欢!非常喜欢!"

眼前的人间美不胜收,小桥流水,人群熙攘,到处都是热闹的景致。

方锦作势笑着加入执灯的人潮中,她一松手,林渊便要去捞。林渊堪堪握住方锦的手腕,苛责:"走丢了怎么办?"

方锦想起来:"哦哦,是了。我脚上还有那个镯子,若我离你太远,恐怕会死。"

她不说这个,林渊还真没想起这一茬。

这算记恨吗？还是在撒娇？

不管是哪样，林渊都愿意顺着她。他一言不发，倏忽蹲下身子，探向方锦的脚腕。

"你做什么？"方锦警惕地缩回脚，却发现林渊腕力十足重，死死卡住她伶仃的脚踝，就是不收手。

方锦以为他要惩罚她，再套一只脚镯什么的。

怎料林渊这回没有起坏心，只听得"咔嗒"一声，银镯被他拆下，捏成齑粉。

这下轮到方锦瞠目结舌了："为何？"

林渊抬头，眼底是她不明白的冷峭，他冷笑一声："再给你装上？"

"不、不必。"

方锦与眼前蹲着的郎君对望，灯会光华流转，明明是那样嘈杂的夜，她却能听到自己快速搏动的心跳声……"扑通、扑通"，震耳欲聋。

天地仿佛一瞬间都暗了，周围的一切都消失了，唯有她和林渊。

不知是她的错觉还是怎样，方锦似乎在林渊眼里看到了一丝缱绻的柔情。

一如那天晚上，他拥着她入眠一般。

方锦问："你拆下我脚镯，不怕我逃跑吗？"

林渊拍了拍手上粉末，站起身来："你大可试试。"

好的，她懂了。是妖骨归体，林渊很狂妄，全然不怕她逃跑。

而且她根本跑不过他啊！

方锦蔫头耷脑地道："那你解开了我的桎梏，我还是同你道个谢。"

"傻子,你和绑匪道谢吗?"林渊的嘴是真的毒,到如今还不忘讥讽她一句。方锦不知道的是,俊美的小郎君在不为人知的暗处,微微勾起了嘴角。

没了枷锁的方锦是自由的,她欢快地四处蹦跳,也乐得和林渊融洽一阵。

她买了一个糖人,咬了一小口,又递到林渊唇边。

林渊一怔。

方锦后知后觉回过神来,这厮是嫌弃她的口水啊!

她搓动指尖,把糖人调转了一个方向,正要开口,林渊已经握住了她的手腕。随后,他就着方锦咬过的地方下嘴。

不嗜甜品的郎君,今日吃了好多糖饴。

林渊变了好多,但方锦又迷迷蒙蒙地觉得,他本就是这样的人,看起来冷淡,实则火热。他待她,从来算不上疏远。

之前那样冷酷交谈的日子,是他刻意伪装吧?他也在隐忍。

忍耐什么呢?诚如林渊所说,她一介鸟兽神明,脑子不算灵光,一时半会儿猜不出来了。

算了,管他呢!

方锦吃完了糖,撩裙就跑。她故意往人群里钻,诱林渊来追她。

"慢点!慢点!"林渊怕她一下子被人流裹挟着带走,逮住人的时候,忍不住牵了小姑娘的手。

腕骨上掐着男人滚烫的指腹,莫名让她耳郭烧红。

方锦只看了一眼他白皙硬朗的指骨,什么都没说,任他拉着。

今夜的风真凉爽，星河璀璨，一切都好。

方锦心里萌生起一个念头，她希望这一刻能变成永恒。她想和林渊，停留在这一瞬息。

两个人融入人海之中，头顶上是皎洁的月色，四周是行色匆匆的人潮。大家都有自己的生活，自己的秘密，无人在意他们，仿佛方锦和林渊，也是这世间最平凡的一对爱侣。

林渊心头起意，他一手握拳掩唇，小心咳嗽一下，另一只手悄无声息地沿着姑娘家的手腕朝下，盘缠上她的指尖，与她十指相扣。似乎这样，她就成了他的，无人能拆分他们。

方锦虽疑惑林渊的行径，但她并不讨厌被他拉着手。

除去复杂的身世与族派立场，方锦是很喜欢林渊的。这一重喜欢，基于朋友间的情谊，还有些蠢蠢欲动的情愫，她暂时分不清。不过可以确定的是，这一次，她不想和别的女子分享林渊了。

她希望他的偏心与疼爱，唯待她一人如此。

不过，他们演变成眼下的对立局面，已经没有合时宜的时候说这番话了。

除非神界和妖界的恩怨了断，但那一日，一定是林渊或帝君被杀的一日。

方锦和林渊亲密无间的关系，终会散的。所以，他们没必要再近一步，没必要交往过密。

方锦忽然想起此前林渊的喜怒无常……他正是知道这一点，才待她若即若离，那样生疏吗？

方锦忽然很懊丧，她什么都做不了。

若是她的族人被灭，她也一定会杀光所有仇人吧？她没有资格阻止林渊，正因知道这一点，所以她什么都不说，什么都不做。

头顶上的烟花炸裂，落了一地火树银花。

方锦被震耳欲聋的爆破声惊扰，和林渊一齐仰头，观人间美景。

许是气氛颇为温馨和睦，林渊难得和她笑了笑，如沐春风。

良久，林渊定定望着方锦，郑重其事道："锦锦，我向你许诺。即便攻上天界，我也绝不会动天凤宫。"

林渊是个正人君子，他不会撒谎。

既如此许诺，便会守信。

方锦隐约能明白，他是想把她这一族同神界剥离开，这样他就能无所畏惧行事，也能找到合适的由头待她亲厚。

方锦有那么一丁点的动心，但甜腻过后，又是无尽的苦涩。

为什么她的红鸾星总要在这样矛盾的时刻动摇呢？便是她应了林渊又如何？她注定许诺不了林渊想要的未来，也回应不了他的情愫。

明明方锦是没心没肺快活度日的神女，可是林渊偏要拉她从俗，他剥夺了她的快乐，叫她掉了这么多眼泪。

方锦闷闷地问："阿渊，你知道吗？其实我父君是帝君同父异母的兄弟，是他的庶出兄长，所以叔父同我打折骨头还连着筋。你觉得……我们还有可能吗？"

她用最天真的眼神看着他，却说出了最残忍的话。

林渊的薄唇微抿，越抿越紧，直到成了一道细细的、青白色的缝。他似是失了许多血气，连笑容都那样勉强。

随后,他抬手,轻轻抚了一下方锦的脸,道:"那就在成事之后,你我恩断义绝,我放你回天凤宫。"

"好。"方锦朝他笑了下,真心的笑容。

这样分道扬镳,对两个人都好。

明面上割袍断义,背地里就能大胆想念了。

"我会想念你的,"方锦和林渊许诺,"我一定会时不时想起你的。"

可是,林渊不领这个情。他只是慢慢收拢了手指,收敛了笑容,对方锦说:"锦锦,忘了我。"

小傻鸟一定不懂,记得的人最痛苦,忘记的人最幸福。

他吃苦吃习惯了,记得也没什么。只是方锦这样怕受委屈,还是忘了吧。

林渊要动用诀印,为方锦催动消除记忆的术法,还没等他动手,方锦就扣住了他的手。

方锦道:"不要替我拿主意,我不是小孩子了。我若是想忘记,我自会去喝忘川水。孟婆说过,忘川水能忘三界事。"

"好,那你记得,一定要喝。"

方锦点头,大魔头就是这样霸道,爱而不得就要毁去。这一段记忆对于她来说多么可贵啊,她一点都不想忘记他。

林渊得到回应,温柔地看着她。

他希望方锦恨他的时候,是坦荡的,而不是怀有情愫。那样,他很可能会心疼。

他终于大胆承认,他确实对她上了一回心吗?

或许很久之前便上心了。

林渊没告诉方锦,他从来都是识得她的。

故而那一日，她中药发狂，兽性大发时，他的卑劣不只是利用她破开封印，还有无人知晓的隐秘欢喜。林渊不敢对她道出这一点，他自己也很鄙薄这一寸私心。

两人今日明明说了很绝情的一段对话，却像是说开了一般。他们一起赏灯会、一起吃糖人、一起飞到最高的塔楼之上赏月。

方锦调皮，故意在塔顶做出摇摇欲坠的架势，吓唬林渊。

岂料，她真的足下一滑，没了防备，跌下塔去。俏丽的神女融入层层叠叠的云雾之中，似要消弭于夜里。

"啊——"方锦尖叫，她会飞，不过是玩闹罢了。

可林渊当了真，他眦目高喊："锦锦！"

顷刻间，林渊化出一双火翅，猛地扎入云层，俯冲向下！

方锦朝天空望去，只见林渊满脸担忧，腾开漂亮的翅膀，拥向她。再后来，她被他抱了个满怀，平稳地落了地。

方锦困惑地抚向神君的眉眼，小声说："阿渊，我是凰女，我会飞。"

"我知道。"

"那你还……"他一心飞身救她，连在凡人面前化形都不顾了。

"只是，怕你有个万一。"林渊放下她，轻描淡写地道。

这一刻，方锦仿佛懂了。林渊再十恶不赦，再杀戮成性，也不会伤她，他连她受一点小伤都舍不得。

被人偏爱的感觉很好，方锦心情很愉悦。

她忽然想唱歌，哼各种不知名调调的歌儿。

夜幕之下，她与林渊对望，忽然觉得他生得实在好看，特别是那一双凤眸，自带月华流光。

方锦做了这辈子最胆大的事，她靠近林渊，小声哄他："不要躲。"

随后，她踮脚，主动亲了他一下。

也算不上方锦出其不意，因为她看到，林渊微笑着，也低下了头。

他的手缱绻地扣在她颈后，加深了这个吻。

林渊的舌尖是浅浅的糖饴味，方锦想，该是她硬塞给林渊吃她方才吃不完的糖人，所以他唇齿间才残留这样的甜味，诱得她不知南北，神魂颠倒。

方锦头一次知道，原来一个吻还能这样醉人，比佳酿后劲儿都大。

她迷迷瞪瞪，只觉自己像一只幼兽，被林渊咬住了，动弹不得。

那个吻很快沿着她的嘴角一路滑向耳后，最终在她白皙的颈上落下一个红痕。

方锦有点恼怒，林渊看着成熟稳重，原来那么孩子气啊，非要在她身上标记。

但她想了想，她打不过林渊，遂作罢。

方锦悻悻然道："你也不怕人看出来吗？堂而皇之对我下口。"

林渊好像心情很好，嘴角噙笑，全没有妖王的派头。

他道："左右洞府里只你我两个人，还能被人瞧见？"他话音一顿，一时想到了什么，眼露阴鸷，哼声，"难不成，你背着我私会情郎吗？"

方锦语塞。

她被他管得这样紧,还能私会什么情郎?造谣也不兴这样造吧!

夜色渐浓,月朗星稀。霜色的月光倾泻室内,照得榻上一片煌煌。

方锦正在休息,忽感床侧下陷一寸,她迷迷糊糊醒来,见是林渊来了。他如今帮她暖床倒是正大光明了,夜里洗完澡,直接赤着上身来她榻上。

不过,床上平白多出来一个黑发雪肤的美男子,方锦还是愣了愣。

林渊挑眉:"怎的,与我很陌生吗?"

方锦讪讪一笑:"倒不陌生,却也没那般相熟?"

他们关系好是一回事,好到能如夫妻一般同床共枕就又是另一回事了。

哪知,林渊如今很会使小性子,他冷冷地道:"都毁过我的元阳,还同我说这些。"

方锦一口气憋闷在胸口。

好的,是她当初色令智昏,夺走了小郎君的清白!她不是人!

她老老实实地靠到榻上,只是这床太窄小了,还没挪动出一个舒适的位置,林渊已然搂过她的腰身,埋首在她肩窝低低一嗅。

方锦浑身如遭雷击一般,陡然抖动。

她正要挣脱,却听得林渊缠绵悱恻的音色在她耳畔荡漾开:"别动,锦锦。"

她中了邪，真就不动了。

"只最后一次。"

"最后一次什么？"方锦刚要问，却被林渊吻上了唇。

这厮又拿这招堵她的嘴！

奈何她没有招架之力了，脑中七荤八素，身子骨绵软，足下也发虚，感觉要化成一汪春池，就此消散去。

月儿从天边缓缓下落。

待天明，方锦起身时，只觉得浑身酸痛，使不上劲儿。

她左顾右盼，洞府里没人。她恍惚一想，该是林渊打上天界了。

左右同方锦无关，她去助阵，也只是挨打的份。再说了，林渊已经许诺绝不会动天凤宫，她的人能保住，这就很好了。

方锦看了一眼角落里摆着的几个金丹，想起这是昨日林渊特地为她取来的仙锦鸡蛋，说是口味好。

小白一口能吞三个，如今剩下好些给她，够她炒一盘菜了。

本该欢喜的事，方锦却越炒越落寞。她是怎么了？平素不是很爱吃吗？今日怎跟病了似的。

方锦不知是这盘炒蛋出了问题，还是自己出了问题。

她盯着黄澄澄的蛋花，平白落下了眼泪。

03

方锦还未伤神多久，洞外竟来了一名不速之客。

她瞥了一眼，是帝君身边的神子。

他是来寻她助阵的吗？可方锦不打算去和林渊打架，她也打不过他，还可能因此惹怒他，牵连天凤宫。

神子似是看出方锦的顾虑，面上一笑，递来一柄仙气缭绕的匕首，道："别来无恙，方锦神女。"

"有事？"方锦一脸"你我不熟，有事勿扰"的架势。

神子笑了一声，道："方锦神女还记得老凤君吗？"

方锦心中警钟大作："父亲？"

"正是。"神子笑道，"你定然想念老凤君吧？帝君命我以老凤君的魂魄同你交换，只要你愿意手刃妖王林渊，他便给你这一脉魂魄。有了能够结魄的玄晶，你的父君便有了神魂，可转世投胎。"

方锦霎时想起父亲的死。

她不傻，这一脉魂魄如何会落到帝君手上呢？无非是他私藏起来了！

她的父亲是老帝君的私生子，虽是庶出，却是高贵的凤凰神族……有这样的母族助力，未必不能登上王位。

是她的亲叔叔帝君，毁了父亲的元魂，教他不能归凤凰家，害得方锦在三界之内寻不到他的魂，不能让父亲转世……

原来，帝君一早就这样贪慕权势，阴险狡诈。

方锦气得浑身发抖，目眦欲裂："把我父亲还给我！"

"若是神女听话，你的父亲自然会回来。拯救苍生的重任，便交付于你手上了。"

"狗屁！什么苍生大道，全是谎话连篇！你们好卑鄙，竟伤我父君！"

"方锦神女，时间不多了。一个时辰内，若你没能除去妖王，你的父君便真要从世上消弭了。"说完，神子便幻化于无形。

原是一个分身。

他们不信她,所以连真身都不敢显现吗?

林渊说得对,这天上,没一个好东西。

方锦蹲下身子,战栗着捡起那一柄匕首,默默出神。

另一边,天界已经打得难舍难分。原本云蒸霞蔚的天宫,如今坍塌成一片废墟,乌云罩顶,隐隐雷动。

一团蛇形蓝雾煌煌生辉,蛇首上站立着一名执剑郎君。

林渊如今妖骨归体,浑身上下的经脉顷刻间被打通了似的,功力大涨。

神界没几个神子能拦他的去路,要知他当初以妖王之身对敌上万神将也不露颓态。若不是他为了护住底下的妖族,这帝君的位置,保不准得易主。

今日他没有幻化面庞,他让所有神明看清了他的脸,看清他是如何屠杀这一群道貌岸然的神仙。

林渊衣摆上全是猩红的血,他一面笑,一面道:"你杀过阿青。"

说完,一剑挥下,尸首分离。

"你杀过阿柳。"

又是一剑,元神涣散。

他一路数着人头,明明很厌倦杀戮,却为了复仇,执意杀到帝君所在御殿前。

每一个杀过妖族的神,他都没有放过。

小妖们总以为他没有聆听过他们的祈求,但其实不是的。

林渊太无敌了,无敌之人也很寂寞。所以他有在听,他后来知道了他们每一只妖的名字,知道他们家里有几口妖,知道他们往后想要做什么。

他们改邪归正,没有吃过人,生下孩子也不许他伤害林渊的同族。

他们没有因为林渊有人身就排斥他,反而为了接纳他这个妖王,多番谦让。

怎会有这样愚蠢的妖怪呢?怎会有这样善心的妖怪呢?

林渊有很多想问的问题,最终还是没机会问出口。他想,妖山上护着他的那些小妖,应当听得见天界被毁神君的哭号吧?

这是他为他们讨来的道歉,虽迟,但到了。

林渊是个彻头彻尾的杀神,他终是杀到了帝君面前。

"你、你……"帝君已然语无伦次。

而林渊抬手,擦去脸颊上沾染的血迹,一抹殷红自他指心蜿蜒,更添妖邪。

他笑了声:"很意外吗?"

帝君没想到林渊竟是那死了百年的妖王,一时吓得战栗。他看着底下尸横遍野,已无话可说。

良久,他忽然起了意:"若是你不杀我,我可以许你'天界以北'的辖域,作为你的领地。"

帝君希望割地稳住林渊,岂料此举更让他发了笑。

林渊眸子很冷,悲痛地喃喃:"你就是为了人界的地盘,杀了那些小妖吗?即便他们没有作过恶,你也手起刀落,丝毫没有犹豫吗?这就是所谓'斩断七情六欲'的神吗?"

帝君哑然,他如今没了法子,只盼方锦能快点过来制住这杀神。

只可惜，林渊没有给他这个机会。

林渊不是个聒噪的人，也不是个心慈手软的人。他无须帝君的致歉，他千里迢迢赶来，只为了要帝君的命。

于是，林渊锁住了帝君的咽喉，把妖王剑刺出！

即便帝君拼尽全身修为，也无法抵抗林渊的妖力——他自断妖骨一般地耗尽毕生修为，只为了杀帝君一人。

两团躁动不安的气浪翻卷，雷霆之色，交织在一处，斗得难分难解。

林渊杀红了眼，他忽然捏诀，祭出他人身的那一根剑骨。这是千年难得一见的绝世剑骨，若非林渊隐藏得好，恐怕他早已被三界拆吃入腹。

林渊口中念咒，将那一根满是华光的剑骨融入妖王剑渡渊体内！一时间，渡渊妖力大增，变幻成魔剑！

他毁去了人身与妖身，毁去了所有今生来世。

如今的林渊，仅剩下一脉残魂了。

不过，他如愿以偿，把妖王剑刺入了帝君体内。

"哗啦"一声，血溅三尺。

强烈的圣光破体而出，与浓郁的、犹如深渊之眼的黑色煞气缠绕在一处，缠斗得难舍难分。

邪不压正吗？究竟谁是邪灵，谁又是正佛？

说啊！天道，你说啊！

林渊狂妄地笑，身上每一寸肌理都在发痛，他整个人都似要融化。

血归血，肉归肉，俱是落地，消弭于世间。

但他不怕，他如愿了。

帝君死不瞑目："你、你这个疯子……你竟毁去肉身与妖身！"

"呵，我说过，你一定会死。"林渊焚烧了帝君四散出的所有元魂，他要帝君灰飞烟灭，再无来生。

良久，林渊终是吞噬了帝君，他把至高神也融于妖气之中。

林渊望着自己的手掌，一瞬迷惘。这只手沾了太多鲜血了，他略有些踉跄，半跪在地。

就在林渊要倒下之时，一双柔软的手搀住了他——是熟悉的女子体香。

林渊笑着抬眸，唤她："锦锦。"

他最割舍不下她了。

林渊朝方锦伸出了手，意图抚摸她的脸颊。

对不起，她明明很漂亮，他却从未夸赞过她。

他只是不敢，怕毁了复仇计划，怕舍不得她。

林渊正要说什么，可是，腰腹上忽然一阵剧痛，令他皱起眉头。他低头看去，原是方锦把碎魂的匕首刺入了他的体内。

"锦锦比以前聪慧不少，知道这般偷袭才能成事……"林渊笑了声，喘着气，同方锦道，"不错，往后即便我没在你身边，你也无须惧怕了。"

他本就没想过活，才会自毁肉身，一心寻死。

他原本不知，杀死帝君后，该以何种颜面同方锦说话。如今这般很好，她把他的魂魄也毁了去。从今往后，世上便再没林渊了。

真是个聪明的姑娘。

林渊缓缓跪地，没有推搡开方锦。

他的血越流越多，目光所及之处也慢慢黑了。

他仿佛回到了浸泡在玄冰池中的时候，他听到方锦的脚步声。

林渊唤她："锦锦，锦锦，救我……"

方锦抱住林渊，眼睛已经被水雾模糊成一片。她从前总是不明白自己为何哭，今日终于明白了——她是为林渊而哭。

她后悔了，很后悔。

方锦想拔出匕首，可这一柄匕首刺在他的魂核之上，生根发芽，怎样都抽离不得。

居然是毁人神魂的匕首。

她只是想毁了他的肉身，帮他赎罪，这样她还能蓄养他的魂魄，他们可以重新开始。

方锦泪眼模糊，愧怍又难堪："阿渊，对不起，对不起……"

"没事的，你别哭……"林渊笑了笑，他的身体却慢慢变得透明。

他缓慢摩挲方锦的脸，对她说："你杀了我，便是天界的功臣。以我之命，换你一生无虞。稳赚不赔的买卖，不是吗？别怕，我不怪你……"

他还是给她留下了点东西，他不想她带着负罪感度日。

林渊终是同风一起消散了，方锦一点都没抓住。

神子得知方锦毁了妖王元魂，松了一口气。他信守承诺，把老凤君的魂核给了方锦。这样一来，方锦就有父亲了。

毕竟，天界不可一日无主，帝君死了，总要有人来挑起大梁。

这是神子高傲的赏赐，也是他的施舍。

明明该笑的事，她为什么要哭呢？

方锦茫然无措，望着空空如也的两手，费解极了。

方锦想，她失去了一个爱的人，又得来了一个爱的人。

这笔账，怎么算都不亏。所以林渊别再喊她"小傻子"了，她哪里傻了？分明精明得很。

林渊死前，也夸过她聪明的。

方锦觉得，林渊死得太利落了，连一具尸骨都不曾留下，她都无法葬他。本来呢，他和她风流过几夜，有了夫妻之实，她可以把他葬在凤凰冢的，这样她死后，他们至少还能死同穴。可是林渊应该恨惨了她，连这个机会都不给她。

方锦特地下了一趟界，她把洞府里的物件全收拾了，包括仅剩的那一个仙锦鸡蛋。

方锦想，这也算林渊留给她的遗物吧？故而她没舍得吃，用仙术护住了这一个鸡蛋，教它破壳孵出了一只仙锦鸡来。

这只鸡被她养在天凤宫里，玉液琼浆滋养着，居然也化了妖相。

如今天界养妖是大忌，故而方锦拉他去观音座下点化开光，终是成了个五岁的小仙童。

方锦给他起了个名字，就叫"小童"。

时至今日，方锦才后知后觉想起来，怕不是仙锦鸡蛋好吃，而是她本名"方锦"，林渊故意用鸡来调侃她这只凰鸟吧？这人真是促狭。

父君的魂核被她借玄晶聚了魂，眼下就养在凤凰冢里。那里有无数凤凰族人的神魂庇护，父君很快便能涅槃重生。

帝君死了，天界的大乱维持了数年，终是理清楚了那一屁股债。

他们想新册立一位君主，奈何顺着帝君这一血脉找继承人太偏了些，毕竟亲近的神君被林渊杀了个七七八八，所剩无几。

唯有天凤宫里的方锦，还算得上亲近的神女。他们想要方锦登基为帝君，奈何方锦无心政务，搪塞了句："尔等呵护我父君神魂，待他醒后，由他上位吧。"

这倒也是个两全其美的法子，诸仙都很满意，不再来叨扰方锦了。

如此一来，方锦又得了清静，她和小童一块儿待在天凤宫里清闲度日，偶尔也下界玩。

她还带他去从前的洞府故地重游。

方锦指着洞府一个角落，道："你以前就是从这个窝里钻出来的，我一看，那么大的蛋，还挺有灵性，养着蛮好。"

方锦不擅长骗小孩，要是叫小童知道，他"兄弟姐妹"都尽丧命于她腹，不知他会不会同她拼命。

小童思索了一会儿，道："恐怕是您想吃蛋？"

"小孩子家家混说什么？半点家教都没有。"方锦霎时间想起，他不就是她教的，汗落得更凶了。

小童也不纠结这许多，瞥了一眼洞府最深处的床榻，问："神女，您曾经住在这里吗？一个人吗？为何要睡这样大的床？"

现在的小孩委实太精明了，方锦被他的话堵了堵，不知该讲些什么，只得苦哈哈地笑说："我也是有风流债的嘛……当初的确有个相好一块儿潇洒。"

小童闻言，摇了摇头："您这是六根不净。"

"若是净了，那该多寂寞呢？"

小童沉默了许久，说："神女，其实我这两天是打算同您辞别的。"

方锦心头一颤，问："你要去哪儿？"

"菩萨说我还需修行，问我要不要去她的洛迦山参悟，我同意了。"

"你小小年纪，能参悟出什么鬼东西？咱去吃那苦头作甚？"

"神女，这是我的愿望，盼您莫要阻拦。"小童一直是个很有主见的孩子，他执意要去，方锦只能放行。

她叹了一口气："那你别忘了常回天凤宫看我。"

"嗯，天凤宫是我的家。"

"正是了。"方锦复而笑出来。

她亲自送小童去了菩萨那里，回来的时候，又是一个人了。方锦想，她可能得成一个家了，总一个人，夜里睡榻都好冷。

唔，从前她也是一个人呢，为何不冷？方锦恍恍惚惚想起，那时还有林渊帮她暖床。

方锦再次回到了洞府，蹲坐在府门口，一动不动。

她望着月升日落，望着春风冬雪。她枯坐着，静静等着，却什么人也没有等到。

小童都知道回家，可是林渊这么大个男人，却能迷路，真叫人发笑。方锦想笑，嘴巴微咧，流下的却是两行苦泪。她近日是不是爱哭了一点？怎么总这样伤春悲秋呢？

许是年纪大了，知道多愁善感了。

方锦这一晚，是睡在洞府的。

她特地留了一身林渊的衣衫，从前嫌他得紧，如今连一件衣都舍不得丢。

方锦抱着这一件竹青色云纹长衫，细细嗅了下，已经没有林渊的气息了。这四海八荒，她是不是都寻不到他了？

方锦想，可能是她第一次爱人，没什么经验，往后多爱几个就好了。

可是，她去哪里找像林渊的男人来当替身呢？像他那样无情且残忍，又如他那样温柔且深情吗？

他弥留之际，嘴上说不怪她，其实是想她抱憾终身吧？

毕竟他说"恨她"的话，她可能就没那么惋惜一个仇人了。

从这一点来看，林渊真的是很卑鄙啊，比她聪明多了。

那名逼她刺杀林渊的神子被她锁在柳苍岛上了，眼下天界一派祥和，没林渊的仇家了。

既如此，他为何还是不愿回来呢？

方锦许久没梦到林渊了，她以为就连她自己都快要把人忘记了，岂料今夜还是朦朦胧胧梦见了。

她见到林渊还是那个肃然的神色，高高在上不可侵犯，然后她兽性大发，拉他从了俗。

小郎君初次其实是无措且莽撞的，他面上不动声色，却急得掌心颤抖。方锦骂他笨，最终还是自个儿费了一点气力，教他如何成人事。

桃色梦境过去，转眼间，方锦又梦到了另外一个景象。

那是林渊浸在玄冰池里，他双目赤红，全是鲜血，遭受妖僧的折辱与惩戒。明明都要被取骨了，明明无人搭救，他是如何出逃的？

方锦恍恍惚惚意识到一件事……

难道林渊一直在等她？

她猛地惊醒过来，顾不上衣襟凌乱，捏了个诀，一下子奔回天凤宫中。她寻来掌管轮回的上神，同他借乾坤镜。

乾坤镜掌管人界轮回，能看到所有人的前世今生。

方锦想，幸好天界无人知晓林渊出自人身，否则他早就元神俱灭了。

林渊既是人，只要她能重回过去，不怕得不到他一脉魂魄。直至此刻，方锦才醍醐灌顶一般醒悟，林渊所说的"救命之恩"到底是怎么一回事。

原来，一切都是因果，只不过这个因果独属于林渊一人。

乾坤镜无法准确窥探凡人的前世，也不好掌控落足的节点。

故此，方锦不知她寻林渊的时候，他究竟几岁，长成什么样。

但她知道，她一定能找到他的。因为，这是宿命，是她和林渊的轮回。

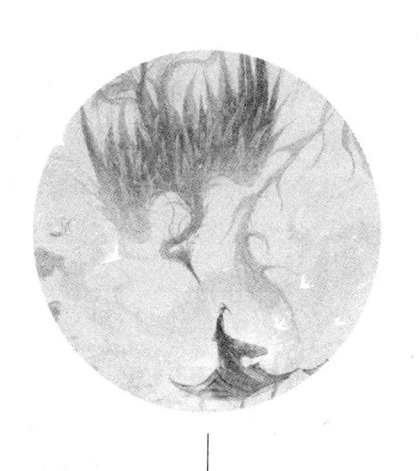

第五章
花褪残红青杏小

01

  方锦闯入林渊的前世。
  她来得不是时候,林渊是小人儿的模样,已经在玄冰池里泡了许久。他被囚在满是血污的冰池里,唇色发白,毫无血气。
  方锦望向一侧惊惧的妖僧,抽出鸟羽鞭杀了人。
  这样的妖人,危害一方,不能留!即便她坏了红尘因果又如何?她就是要为了林渊,逆天改命。
  惩罚她吧,今后只罚她一人。
  方锦想替他赎罪。她走向林渊,怜惜地抚了抚他的下巴。
  这样骨瘦形销,这样脆弱、不堪一折。
  她忽然意识到,林渊受过的苦难,她仅窥见冰山一角。
  方锦从来不知,原来林渊幼年时这样苦,多少血泪都往自己肚子里吞。
  他应当是记得这一幕的吧?他早就看到她的面容了,之所以没告诉过她，是因他要强得很。

狼狈的一面如何能让心上人瞧见？那多难堪呢？真是个爱面子的郎君，方锦心下无奈。

她帮他解开了镣铐，背他回了就近的洞府。

方锦不得干涉太多林渊的人生，若是改变了他的轨迹，恐怕未来也会变得更多，那么方锦就不能再救他第二次了。

故此，她只是取了一脉林渊的魂魄后，等着他醒来。

知他无恙后，方锦留了药，回了现世。

方锦带回了林渊的魂魄，利用玄晶养魂。

方锦知道，如今的林渊连魂核都没有，怕是不好聚魂。她想了许久，还是用刀刃割开手腕，以凰鸟血温养林渊的魂魄。

好在，林渊的魂魄坚韧得很，有了宝血滋养，竟真的稳住了气泽。那血液一点点被魂魄吸收，渐渐重聚起一个血核来，作为他的魂心。

有了魂核，林渊便能复生了。

方锦总算睡了一回好觉，她已经许久没能入眠。

第二日醒来，林渊的魂核不见了，桌上只余下一个蛋。

方锦吓了一跳，以为林渊的魂魄还是散了。好在"咔嚓"一声响动，蛋裂开了，里边钻出一个白白胖胖的小娃娃，还是带子孙根的。

方锦懂了，这是林渊重生出了肉体，有这一重壳子装载，他的魂魄总算有栖身之所了。

可她没养过孩子，谁知他要吃什么喝什么呢？

天凤宫的侍臣们许久不见宫主，今日知方锦在，特来拜谒。

岂料一进宫阙,就见方锦手忙脚乱地抱着个娃娃,大家面面相觑,问:"您、您何时生了一个小殿下?"

方锦咽下一口唾液,不知道该如何解释。

良久,她"哈哈"一笑:"抱养的,抱养的。"

侍臣们都露出一个心照不宣的笑容,也没多问。

不是说了吗?之前的妖王和咱们宫主有一腿,竟还养了一个遗腹子。

唉,咱们宫主真可怜啊!

方锦问了句:"你们知道该如何带小崽子吗?"

侍臣们七嘴八舌争论起来,有的说喝羊奶,有的说喝牛奶,左右大家都不懂行,横竖一样样摆上来,就看娃娃爱吃哪个。

岂料林渊小时候也是个难缠的性子,他皱着眉,宁愿撇着嘴也不肯下口。

方锦没了法子,只得把一众侍臣轰散,自个儿一样一样去喂。也是巧,方锦喂他,他倒是肯喝了。

小娃娃喝起奶来倒也挺有趣,一个不留神,还会被奶水呛到。

"哈哈哈哈哈!"

方锦笑了半天,忽然发现一件恐怖的事,她何时喜欢小崽子了?

一定是她偏爱林渊,这才爱屋及乌,待小孩子时期的他格外宽容!

几年后,林渊脱离了孩童的模样,初长成人。

方锦感叹,不愧是林渊,即便他已烟消云散,被拘来的这一枚魂还能这样茁壮生长，滋养出了七魂六魄，成了完整的人。

不过，神女宫里养了个凡人，说出去终是不好听。

旧部家臣们虽然惋惜小殿下不是凤凰神族的血脉，但到底是方锦的骨肉，他们也宠溺得很。可天界的神明们碎嘴子太多，于是，方锦带着林渊下界，寻了个洞府居住。

为了有家的温馨，方锦还在洞府里置办了床榻桌椅、锅碗瓢盆。

林渊不算转世投胎为人，所以长大的速度极快，不过一个月便成了青年的样貌。方锦为他渡了修为，助他化成不老不死的仙身，就是渡雷劫的时候有点难挨。

方锦如今是一颗慈母心，她总怕林渊受不住，要待在他身旁坚守。

彤云密布的夜里，天际响起三声轰鸣，那青紫色的雷鞭重重袭来。

林渊已会一些修行之术，他作势要抽出长剑去挡，就见方锦已然先他一步化成凰鸟形态，钻入密云之中。

林渊从未见过方锦化形，一时皱起眉头。

他御剑飞上天，口中喊："锦锦！回来！你若是妖兽，如何能受飞升雷劫？"

也怪方锦藏得深，从未和他说过她的凰鸟真身。

主要是方锦不知该如何同林渊解释前世今生的缘故，她总不能说——"你我本来是一对感情颇深的爱侣，只可惜我为了救阿爹，将你斩于马下。"

那多开罪人，恐怕林渊这辈子都要躲着她了。

方锦如今学精了，知道点强人所难的套路，便是强取豪夺才能得到林渊这个人,她也要试试。反正这辈子,她只守着他。

这厢,方锦在天上刚受完两道雷劫,正要挡第三道,却见林渊已然执剑斩来。

"啪嗒"一声,紫雷缠绕住他的长剑,犹如藤蔓,绕着他的臂膀,似要勒住林渊颈骨。

方锦厉声喊了句:"阿渊!"继而俯冲向下,她衔住了雷鞭。雷劫顺势应在她身上,直破开她厚重的鸟羽,钻入四肢百骸。

方锦猛然受下雷鞭,体力透支,无力再支撑兽形,一下落了地。

还好林渊松绑,能有余力来护她。

"锦锦!"他径直朝她飞来,接住了从天而降的方锦。

林渊面色凝重,揽着方锦回到洞府。

他为她烧了水,供她洗漱。方锦只受了些皮外伤,没昏迷多久,在林渊帮她宽衣解带时就醒了。

她笑着恭贺:"雷劫已过,恭喜你羽化成仙,可得长生。"

林渊微微一笑,望着她,眼底满是温柔缱绻:"得了长生,便能陪伴锦锦永世,多好。"

他这样柔情似水,方锦心上却有几分怅然,如今的他若是知道那些前尘往事,会如何呢?

方锦一面盼着能交还林渊记忆,把他重塑成以往那个桀骜不驯的林渊,一面又怕他想起痛苦往事,会怨恨她,离她而去。

方锦至今都不知,那日林渊说不恨她,是真心还是假意。是不是他快要灰飞烟灭了,这才做一回好人,解开她心里的芥蒂,盼她好好过活?

其实他一直都是恨她的,对吗?

方锦不敢赌,不敢让林渊知道真相。

她觉得自己好卑鄙,让眼前的郎君日日只盯着她一人,红鸾星也只许朝她这边动一动。

方锦从来不知,原来她的占有欲这样强。她总觉得,林渊是她费尽千辛万苦复生的男人,他合该是她的掌中之物。

但她忘了问,林渊想不想,愿不愿。

今日恰逢其会,方锦望向洞外灼灼盛开的山桃花,问了句:"阿渊,你愿意同我在一起吗?"

林渊觉得方锦古怪极了,他吻了下她的指骨,同她道:"为何不愿?"

他生来便待在方锦身侧,她早已是融入他骨血的人物,如何舍得?

他思虑很多,僵了僵,问:"你知我历完天劫,想舍了我,寻你的情郎去吗?"

方锦闻言,顿时吓了一跳,她哆哆嗦嗦地问:"我何时有情郎?"

林渊原本不想说,但今日话都说到这份上,他只得冷哼一声,道:"夜间絮语,你总说起阿渊给你炒的仙锦鸡蛋。诚然我擅厨艺,却也没有用过劳什子仙锦鸡蛋。既如此,便是你还有旁的情郎……你把我当成他的替身,是也不是?"

方锦愕然,怎么都没想到,林渊能吃起自己的醋。

她一时想不到该如何解释这一出,缄默许久,才打哈哈笑着说了一句:"我说你是他的转世,你信吗?"

林渊即便重生回来,也不大好骗。

他勾唇,高深莫测一笑:"既是转世,锦锦不若同我说说,我前世是如何死的？"

　　方锦语塞，近日听说书听少了，一下子没编出故事。

　　林渊的眸子陡然冷了下来，如骤雪寒霜，他凉凉地道："我心里唯有锦锦一人，若你还记挂着那人，大可不必招惹我。"

　　说完这句，林渊便出了洞府，许是寻一片桃花林喝闷酒去了。

　　方锦怅然地叹了一口气，她着实不大擅长哄郎君。

　　不过，林渊今晚问得确实对。她自己也闹不清楚，她究竟有没有透过现在的他，去寻过去的他。

　　出神了一瞬，方锦又想：林渊几时学会喝酒来着？

　　夜里，方锦还是很早就入睡了。

　　半梦半醒间，她仿佛感受到有人上了榻。冷冰冰的一具身体，像是同冰鉴共眠似的。

　　方锦有点恼怒，闭着眼，手朝后揉了揉，却被人挟持住，扣在了怀里。

　　不必看也知道，是林渊回来了，他身上还带了酒气。

　　浓郁的气泽，倒是不难闻。

　　只是林渊的脸色看着不是很好，仿佛喝了太多酒，把脾胃都喝伤了。方锦莫名想到"自甘堕落"这个词，她不想林渊这样浑浑噩噩。

　　她长叹了一口气，瓮声瓮气地发问："你喝了多少？"

　　"不过一坛酒。"林渊沉默半晌，回答了她。

　　"你撒谎。"

　　"你也对我撒谎。"林渊的嗓音格外冷，好似裹了一团霜雪，他很不高兴。

方锦语塞，不知该说什么好。她以为把林渊从一个奶娃娃拉扯到成人，她陪他走过一生，总该更了解他。但到头来，她发现，林渊还是那个聪明的郎君，她摆布不了他。

算了，想那么多干什么。

"早些睡吧。"方锦实在困倦，打了个哈欠。

她让步，不同他吵架了。

哪知，身后的人静默半晌，还是有了窸窸窣窣的动作。

林渊一径儿靠上来，把她揽到怀中。他有力的臂膀固执地搂住了方锦的腰身，不容她逃跑，或是抵抗。

"锦锦。"他今夜粘缠得很，在她耳畔唤，幽怨又无辜。

"怎么了？"

"你寻我寄情，也是因他再也回不来了吧？"

"唔……"方锦不知该如何接这话。

林渊的下颔抵在她的头顶，一下又一下地蹭，可怜兮兮，仿佛一只落水小狗。

他的心境一定不大爽利，叹了一口气，又退让了一步，道："既是如此，往后你只看着我一人，好吗？若你此生仅我一位夫婿，我也可既往不咎。"

林渊这话很让方锦感动。

他竟答应与从前的他共侍一妻？

为爱委曲求全啊？方锦没想到他爱得这般深沉，竟能大度到这种地步！

不惜做小伏低，实在是条汉子。

她忙不迭颔首，道："好好，全听你的。"

他愿意饶过方锦，方锦自是乐得顺坡下驴。

如此，林渊才满意，老实拥着方锦躺下睡去，一夜好梦。

隔日，林渊为方锦做饭，他特地下山买了一篮子鸡蛋，给方锦炒了一桌蛋宴。

他把碗递给方锦，促狭地问："尝尝看，我手艺比之你的情郎，如何？"

听得这话，本是很兴奋要进食的方锦，筷子都吓掉了。她捡起筷子吹了两下，艰涩地笑："如果我说不分伯仲……"

"嗯？"林渊一记眼刀已然飞过来。

"那肯定是不够的。"方锦义正词严道，"自然是你略胜一筹。"

"嗯。"听到这般回答，郎君的脸色才稍好上一些。

两人吃得正欢，洞外忽然来了一名不速之客，原是小童。

方锦许久没见他，惊喜极了，招招手："你怎么来了？许久不曾见你了。"

小童仍是对方锦很恭敬的样子，道："此前承蒙您养育，菩萨命我来同您说说修行成果，也算是'反哺'。"小童是鸟类，往后长久跟着菩萨，自然要像小鸟离巢那般反哺给老鸟吃食，以报养育之恩。

方锦笑得慈眉善目，摸了摸他的头："长大啦，懂事啦。"

她如今不再难过，最重要的原因还是她有了林渊陪伴，少了小童也不算什么。

偏偏林渊在旁侧听了半天，又是第一次见小童，脸色霎时间阴沉下来，磨着牙道："你同情郎，竟还有了个孩子吗？呵，真是好得很。"

　　小童十分纳闷，转而望方锦："我是您养育大的，这一点没错，可我竟然还有生父吗？就是不知，我生父究竟是哪一位……"

　　"哪一位？"林渊的脸色已经黑如锅底，"哦，倒是我草率了。锦锦，你究竟有几个情郎？又有几个替身？"

　　方锦呼吸一滞："应该不多？"

　　"不多？"

　　意思是不止一个？

　　林渊深吸一口气："很好。"

　　"嘿嘿，我觉得我蛮专情的。"

　　方锦被林渊夸得有些不好意思，偏偏小童擅察言观色，偷偷拉了方锦的衣角，道："神女，我想您这位朋友应当是生气了。"

　　"怎会！他最是大度了。"方锦很袒护身边人，当即为林渊辩白。

　　见她如此断言，小童也就当是自己想多了，不再多说。

　　小童没有那么重的口腹之欲，故此他没有留下用膳，夜幕时分就走了。

　　林渊则御剑去了一趟乡镇赶集，买回一堆荤菜。

　　他想起方锦为他挡雷劫时，曾暴露鸟妖真身，还特地给方锦挖了一堆蚓虫。

　　方锦看着林渊端来的碗，里面满满都是蠕动之物，顿时扶墙吐了。

　　"你不喜欢吗？"林渊皱眉，他还当自己是投其所好。

方锦擦拭了一下嘴角:"这是阿渊的一片好意,我很想昧着良心说好,但我虽是凰鸟,却从不吃地虫,恐怕要教阿渊失望了。"

"哦,也是。"他讥讽一笑,"怪我,这等小事都做不好。若是你的情郎,定知你偏好什么,爱吃什么。"

林渊一想到自己是沾了别的男人的光,才有机会得到方锦,气就不打一处来,说话也阴阳怪气。

闻言,方锦一愣,心里惴惴不安。这厮最近的醋味是不是有些大?

她不想林渊一直都这样萎靡不振,思忖很久,还是握住他的手,说:"阿渊多虑了,我心尖尖上的人,真就只有你一个。"

林渊面色稍缓:"嗯,如今就我的样貌似你从前的情郎,且对你情根深种,自然独独爱我一个。若往后,又遇上与他更相像之人呢?你会不会将我弃如敝屣,不管不顾了?"

方锦听着他一口一个"情郎",头都大了。

她怎不知,林渊这般爱拈酸吃醋呢?

唉,小性子也是她惯的。

这个误会必须解开,否则往后的日子没法过了。

思及此,方锦回了一趟天凤宫,带来一幅林渊从前的画像,道:"这是我的情郎,颈上还有一颗血痣,你看看,你是不是这样?"

林渊抚了抚脖颈,他确实也有这样一颗血痣。

即便找替身,也不可能样貌一样,发肤特征也类似。

林渊知道自己是从魂核中诞生,也就是说,他从前的肉身已然消亡了。

那么，方锦应当是保住了他的魂魄，这才重塑起他的肉身。

林渊心下稍安，问："我既是你情郎，那你能否告知我，前世我究竟是如何死的？"

一问这个问题，方锦就打马虎眼："这件事委实有点复杂，咱们睡醒再聊吧？"

"不急。"林渊扣住方锦的腕骨，"平素你闹一宿都不睡，缘何今日这样早就困倦了？"

林渊顶着那张漂亮的脸似笑非笑地说"闹一宿"的话，臊得方锦脸上绯红一片。她干咳一声："许是上回遭了雷劫，身体还未完全恢复。"

作势，她就要虚弱得栽倒在地。

林渊立马倾身去托她腰腹，搀她上榻。

他想起那日雷劫，方锦奋不顾身地迎向雷鞭，眸中便满是心疼。他不再逼问，而是照顾方锦洗漱，上床陪睡，顺道帮她驱赶蚊虫。

林渊看着她的睡颜，尽管知晓自己就是那人，但他一想到方锦能对他一往情深，全是前人栽树，他这个后人才能乘凉，心里就难免有点焦躁与无措。

他是疯魔了吗？偏偏无端端嫉妒。

他没有从前的记忆，一想到方锦和过去的他厮守缠绵，便心生起一股子恼怒。

是了，他羡慕从前的自己，亦嫉妒从前的自己。

方锦是因过去而爱上的他，并不是发自内心爱如今的他。

说起来可能惹人发笑，无论过去将来，不都是他吗？

但唯有林渊知道，这不一样。

若方锦爱从前的阿渊,那他就输了,输得很彻底。

他和方锦相交相织的根基是浅薄的,他知道自己的渺小无力。

越这样,林渊越想窥探他和方锦的过去……前世的他,究竟是个什么样的人?方锦究竟爱重他哪一点?

他不甘心……他不想成为任何人的替身。

缱绻的情绪自心原扎根,一点点钻入土壤之中,生根发芽。明明一切都是好的开始,却长出了香味馥郁的恶果。咬一口,内芯是苦涩的,苦不堪言。

他怨气渐生,竟拉过方锦,咬了一口她的脖颈。

吃痛的方锦皱起眉头,心道:"哟,这厮属狗的吗?"

仔细算了一下生辰,嚯,别说,还真是。

02

林渊一夜辗转反侧,方锦是知晓的。

她初尝情爱,也真的不知该如何解开林渊心里的芥蒂。

不过方锦自有她的笨办法,她咬牙去和孟婆讨来了一碗忘川水。

她指着桌上的河水,道:"若阿渊实在过不去这道坎儿,那我就喝下忘川水,把前尘往事都忘得一干二净,你看可好?"

这样一来,他总能安心了吧?

偏生林渊别扭得很,他看了忘川水半天,道:"你我的追忆宝贵如斯,你竟舍得一碗水下肚就忘了吗?"

方锦被他的话一堵,头风病都要发作了。

她想,她幸好不是那起子女帝,不然一后宫的郎君为她大打出手,可太折腾了。

左不是,右不是,林渊究竟想怎样?

许是这碗水助林渊发散思绪,他紧追不舍,又道:"况且你失了忆,连带着也会忘记我……我本就是沾了往事的光,才在你心里有一隅之地,你再忘得一干二净,往后我又拿什么来留你?"

言罢,他苦笑一声:"你究竟是爱如今的我,还是一心想复活你心上的阿渊呢?"

"这个……"如此痴情的林渊,实在是让方锦难以招架。

她作势把忘川水倒了,同林渊开诚布公:"咱们也别纠结那些旧事了,人要向前看不对吗?于我而言,阿渊是你,你就是阿渊,我对你的爱肯定是没差的。"

她避重就轻,就是不肯告诉林渊,有关他过去的事。

"我不明白,明明你只要把往事告知我,就能解开我的心结,话都如此明白讲了,你为什么就是不肯?"林渊的眸子黯然,叫人心疼,"难道我前世的死,因你之故?又或者,是你杀了我?"

他敏锐如斯,方锦这个"凶犯"陡然一抖,张着嘴干笑:"哈哈,阿渊真会说笑。"

林渊也觉得自己是痴傻了,他叹了声:"也是,若你杀了我,何苦再费尽千方百计复活我。算了,或许再过些时日,我自会淡忘此事,你不必焦心。"

"那最好了。"方锦松了一口气,不敢再应对林渊。

只她不知的是,林渊在不为人知的暗处,眸光微动,心下有了旁的计较。

是夜,待方锦睡下以后,林渊于暗夜中坐起身来。他其实没同方锦说过,近日他骨血中总有些黑气蠢蠢欲动,搅得他血脉翻涌。林渊倒想看看,他是人身,又渡劫升仙,那股子黑气究竟是何方邪祟,敢来占他的身?

林渊手间捏诀,驱动仙术。霎时,他的脊骨涌上一团黑浪,那秽浪钻入他的骨头缝中,伸出无数条触手盘缠住骨节,继而又硬生生长出了一条骨脉……

林渊能觉察出,那并非人骨,而是寄生于他魂魄之中的妖骨。

他不是人神吗?缘何会再生出妖骨?

妖骨中,还有旁的事物在蠢蠢欲动。不是他的本体,倒像是入侵者的魂魄……有谁与他共生吗?

恶心的气息,教他不适。

林渊体力透支,满头都是涔涔冷汗。

月色下,方锦睡得香甜。他忍不住伸出手,抚上她恬静的睡颜。方锦想必是瞒了他很多事吧?从前的他,受了诸多苦难吗?罢了,只要现今是平静岁月便好。

他的锦锦,就这样,永远待在他身边吧。

日子一天天过去,寒来暑往,秋收冬藏。方锦真如一个凡人一般,和林渊过起了世外桃源的日子。

方锦自打和林渊同居一处洞府后,伙食便好了许多。神族大多辟谷,只有像她这样的鸟兽才会维持本性,重口腹之欲与情欲。天界神君很多不想成婚的,有兴趣了结个爱侣便是,但鸟兽不同，爱得轰轰烈烈，爱得炙热，若是喜欢上谁，终此一生也会守着那人。

方锦想了想，那林渊真是赚大发了，有她这样专情的爱侣。

她还没来得及劝林渊珍惜眼前人，鼻尖就嗅到一股子饭菜香味。

出了洞府，她往一侧茅棚望去。烟雾缭绕间，林渊穿着件雪色长衫立于灶台间，明明是人间家事，却仍将他衬出一股子出尘的清逸姿仪。

方锦这颗见惯了风浪的神女心又颤了颤，她仿佛总为林渊动心，也唯有他能掌控她所有潮思与情愫。

林渊余光瞥见方锦，朝她招了招手："锦锦，过来。"

"在煮什么？"方锦问。

"灌肺。"

"那是什么？"

林渊笑道："是我在人界得知的一道菜，羊肺里灌入豆粉香料面糊，再用高汤熬煮一个时辰，出锅后切片蘸大酱吃即可。我知道你爱吃荤菜，特地学来供你尝尝鲜。"

方锦听得嘴馋，又看了一眼蒸气缭绕的笼屉，问："这又是什么？"

"这是素糕，名为'玉灌肺'。"

"等等，灌肺不是荤菜吗？"方锦要被绕晕了。

"算是一道素仿菜，用芝麻、松子等果仁碾粉，混入绿豆粉蒸熟便能吃了。我想着你总吃荤菜，也该尝点素食，如此才能调养身体。"林渊又指了指桌上的菜碟，"待会儿再吃几口春笋与野蕈，你都吃了三日烧鸡了。"

他话还没说完,就被方锦义正词严地打断:"神女不需要吃素!"

"谬论。"

方锦抗议无果,饭桌上,她还是被林渊压着吃了不少素菜。

她想,她容忍林渊这样久,第一次夫妻吵架,恐怕就要因"吃素"爆发了。

他倒是装和尚,床笫之间,也没见他多清心寡欲啊!方锦悟了,这就是传说中道貌岸然的小人!

不过,今日林渊难得没有同方锦争论前世的事,大家和睦相处,也算其乐融融。

方锦困倦地睡下后,林渊缓慢地睁开眼,凝望着洞府外的清月。

他的脊骨又开始疼了,人骨与妖骨总不能嵌合,有不知名的力量在撕扯着他的皮肉。

不多时,林渊忽觉喉头一腥,吐出一口血来。

似是怕方锦发现,林渊赶忙起身,用井水擦洗手上的血污。

待那股躁意平复,他又回到了榻上。

只是这一次,他没有那么幸运地入睡。他忽然嗅到了一股血气,满满甜腥味。

不知为何,方锦的灵府忽然无意识打开,诱林渊神识深入。

林渊知道,灵府结心之门藏着过往记忆。也就是说,只要他进入方锦的结心之门,就能知道他与方锦的前世纠葛。

诱惑太大了,林渊终是没能克制住自己,踏入了她的灵府之中。

许是林渊被方锦用凰鸟血温养过,他们气息一致,林渊踏入方锦的结心之门,方锦竟没有丝毫觉察。

她果真单纯,对他毫不设防。

因他是她的枕边人吗?林渊这样一想,又有几分暖心。

他步入方锦的回忆之中,果真在这一片记忆海,他看到了那个前世的自己。

是他的脸,也是他的肉身。

林渊能感受到,他们的气泽一致,确实是同一枚魂魄。

他仿佛过了一世,看尽了方锦如何和前世的自己相爱相守。

林渊的脊骨又开始抽痛,有无数灵力从他的脊骨钻入,挤入记忆海。

就在这时,林渊看到了毕生难忘的画面——他亲眼看到,方锦把一柄匕首刺入了他的魂核,毁去了他所有前世与来生。

为什么?她为什么要杀他?

所以,她的甜言蜜语,都是虚妄的假象吗?

她骗了他。

记忆在此处戛然而止。

而后,那结心之门的光芒忽然强盛,无数妖气自记忆钻出,全然钻进林渊的四肢百骸。

太多了,太多了,他快要承受不住了……

少顷,林渊的双眸忽然燃起了红莲业火,他的妖骨终是融合了人骨,从腐朽的血肉中,幻化出更绚烂的火翅!

林渊的记忆……回来了。

只是,某个不好的恶魂,也悄无声息地钻入了他的体内,贪婪地吸取他魂核里的妖气。

结心之门的仙障结界忽然动荡，乌云密布，滚雷阵阵。

若是结心之门破碎，方锦就会死！

林渊抿唇，终是动用神力，一掌击向地面。数万幽蓝火焰自掌心窜出，四下游走，修复好结界。

待方锦的灵府恢复稳定，林渊这才松了一口气，逃离此处。

离开之前，他还帮她封住了灵府入口，免得有点道行的宵小乘虚而入。

第二日醒来，方锦觉得头痛欲裂。她打了个哈欠："昨晚睡得不好，一天都困倦。"

林渊早早起身了，给她端来一杯茶："是吗？"

"嗯，夜里早点入睡吧。"

"哦，今日附近乡镇有灯会，去看吗？"

方锦总觉得这话有点耳熟，细究之下，又想不起何时听过。

不过，凑热闹嘛，她当然喜欢啦！

于是，方锦笑着颔首："好啊，咱们去！"

林渊也对着她笑，只是这笑里夹杂了一丝凄怆的意味。

林渊为方锦挑了一身橘花底色月兔蟾宫纹衫裙，还为她细心簪上一支桂花流苏步摇。两人盛装出行，十指相扣，挤入滚滚人潮中。

五光十色的烟花在头顶炸裂，那璀璨夺目的光华流于眼眸，更添女子娇色。

林渊贪恋地看着方锦，他期盼这一瞬能永世不变。

只可惜，是痴心妄想。

方锦发觉林渊在凝望她，也回头，朝他粲然一笑。

就这么四目相对，林渊忽然捏住了她的下颌，靠近她，似情人间的呢喃："锦锦，你是在看我，还是在透过我的眼睛，看你的阿渊？"

方锦浑身一僵，没想到林渊今天又开始拈酸吃醋。

她还没来得及哄人，就听林渊低低笑道："锦锦，其实我进过你的结心之门了。"

听得这话，方锦如遭雷击，颤声问："你、你都看到了？"

"嗯。"林渊微微眯眸，"我的锦锦，下手很稳、很利落。"

"阿渊，你听我解释。"方锦升起汹涌的惶恐心绪，她忍不住抓住林渊的衣袖，求他给一个解释的机会。

奈何林渊只是微微摇头，不留情面地拂去她的十指："我知你可能有苦衷，但在你把碎魂的匕首刺入我魂核的那一刻，你就已经抛弃我了。

"锦锦，我不会原谅你的，永生永世都不会。"

他温柔地笑，抬手，擦去爱哭鸟的眼泪。

林渊低头，在她唇上印下一吻，动作缱绻，嘴里却说着最残忍的话："锦锦，你我就此，断了吧。"

"我不要、我不要！阿渊，你知道我找你找得多辛苦吗？我特地去你前世搜你的魂，那么小的魂，我用凰鸟血一点点温养才生出的魂核。你的命是我的，人也是我的，你不能丢下我！"方锦这些日子过得太畅快了，她都差点忘记要怎么哭了。

唔，姑娘家要怎样哭才动情，可以留住郎君呢？

方锦觉得自己好蠢，只会号啕大哭，半点体面都没有。

林渊心疼，但他知道，不能再给方锦留情面了。他难过地看着她，一字一句道："锦锦，我是恨你的。所以，忘了我吧。

"锦锦，我会毁去我的前世以及我的人身，你我永生永世都不要再见了吧。

"锦锦,我累了,放过我吧。"

方锦再也抓不住林渊的衣袖了。

她这时才领悟出一个道理——男人如果真的要走,没有人能拦得住的。

她看着林渊捏诀消失,她再也找不到他的气息了。

明明身处热闹非凡的灯会,方锦却觉得孤寂。她再回头一望火树星桥,视线变得模模糊糊,瞧不真切花灯。她抬手一抹眼眶,哦,原来蓄满了泪啊。

也不知林渊究竟去了哪里,她在原地等,能等到他吗?应该是痴人说梦吧。

离去的林渊再次潜入天界,踏入了乾坤镜的轮回之中。

他以强大妖力护住自己少年时期的人魂,任何人都无法再取他的魂魄。此后,他毁掉了乾坤镜,乱了人界因果,也断了方锦复活他的路。

这样一来,方锦就没有媒介能够进入他的前世,重聚他的魂魄。

她将永远失去林渊,永远不可能找到他。

其实,花灯会上,林渊不是有意苛责她的,他看着她哭,心里也很疼。

只是他必须离开,必须保护方锦。

因他在生成妖骨时,竟发现帝君卑劣地将魂核寄存于他的妖魄之中,与他融为一体。

若想杀了帝君,林渊必须和他同归于尽,否则帝君能借他的魂魄复生千千万万次!

所以这次,林渊吸取教训了。

他不会同方锦留情面,他以言语为刀刃,伤她的心。

林渊希望她……完全忘了他。

真好,他总能及时保护方锦。

林渊寻了一片依山傍水的地方沉眠。帝君和他既是共用一体,那么他们一定也感受相通。既如此,林渊在赴死之前,也要让帝君尝一尝血脉碎裂的痛楚。

他是那样恨帝君啊。

方锦今日才懂,原来能坦诚去爱一个人,也是一种幸福。

她被林渊拒绝了,还丧失了再爱他的资格。她连找他都没有理由,毕竟林渊不愿意被她找到,他是那样讨厌她。

方锦好委屈,鼻腔酸涩,胀胀的,抽噎到最后,像刀割似的疼。她的眼睛也被泪水泡肿了,满脸都是水渍。

她怀抱希望地回了一趟洞府,她想,林渊或许是在同她开玩笑,其实他还在洞府等她。

是了,她让他受了一回情伤,他总要报复回来的,这样才能把债务一笔勾销。

方锦满心期盼,只可惜,洞府里没有掌灯,连林渊的气息都淡去了。

她坐在榻上静静地等待,等着林渊回家。

方锦不明白,生离死别都熬过去了,为何苦难我要熬到头了,偏偏林渊放手了。

她明明是貌美如花的神女不对吗?明明天界有那么多的追求者,林渊离开她,不会后悔吗?

再或者，他也可以刺她的魂核一回，让她灰飞烟灭，再养她的一脉魂，将她复活啊！这样不就两清了吗？方锦想，人族确实没有神族聪明，这样简单的办法都想不到，偏要寻她的晦气。

洞府太冷了，方锦畏寒，待不下去了。

她本来想去找小童，后来想想，这娃娃遭观音点化，在观音座下修行蛮好的。她总不能一有事就去打搅小孩修行，那么她这个长辈当得也太不成熟了。

那她只得回天凤宫了。

可是回天凤宫的话，她这一张哭丧脸，定叫侍臣们心疼，她不是一个喜欢给人添麻烦的姑娘。

思来想去，原来无家可归的不是林渊，而是她啊。

他那样果断离开，大抵是不会心疼的。

若他难过，又怎会舍下她。

方锦擦去眼泪，还是灰头土脸地回了天凤宫。

刚进殿门，侍臣们就迎上来，热热闹闹，咋咋呼呼，道："宫主，出了两件大事！"

方锦摆摆手，道："说。"

"其一，轮回乾坤镜被人毁了！殿里乱成一团，也不知要几万年才可修复好！"

方锦一猜就知是林渊干的。

原来，他要和她恩断义绝的心如此真，丢下她的第一件事就是上天界斩断退路。也怪她给他渡了血气，林渊身上都是她的气泽，在天界自然是出入自如的。

方锦已经不想追问这些情债了，问："第二件事呢？"

侍臣大喜:"凤君醒了!就是新的肉身不大好使,人还昏沉着,您要不要去看看?"

方锦闻言,忙牵裙往父君的寝殿里跑。

她的步子在台阶处停下,踌躇不前,隐隐有点近乡情怯的心绪。

父君还记不记得她?当初他仙逝的时候,她那样小,若父君认不出她,肯定要难堪一会儿。

不过再如何担忧,方锦的胸腔也是充盈着喜悦。她原以为自己这回又要独自难过,幸而父亲醒了。她有了可以撒娇的人,能在父亲怀里尽情哭诉,同他排遣愁绪。

真好。

知道有人心疼后,方锦更爱哭了。

她撇嘴又落泪珠子,屋里的人哑然失笑:"阿锦哭什么?为父醒了是好事,快进来吧。"

是老凤君熟悉的嗓音,许多年不曾听到了,方锦心里难掩喜悦。

这样一想,她又感到自己很卑劣。

她还是庆幸伤了林渊、救回父亲吧?她对林渊,的确没安多少好心。

方锦吸了吸鼻子,拉开门进殿。

屋里氤氲着药香,是侍臣们端来滋补的药膳,供父君调养身子骨。

老凤君刚刚复生,气泽还不算稳,他披了鹤氅,倚靠在榻侧。他一点都没老,还是从前的样貌,依旧端着那样慈爱的笑,招手喊方锦过来。

"都是大姑娘了，为父快要认不出来了。"老凤君感慨，把手搭在方锦的头上，小心抚动。

方锦伏于老凤君膝上，久违的温暖催出了方锦的眼泪。

她的心安定了，但她又开始担忧起林渊。

他一定也很难过吧？他孤苦无依，没什么家人，现下会在何处呢？

方锦和父亲絮絮叨叨地说了林渊的事，说他是十恶不赦的大魔头，但诚然他杀了再多神君，待她也很好。

说到帝君丧命于林渊之手时，老凤君沉吟道："帝君当年怕为父夺位，用了不少手段。那日也是我轻敌，折损于他手。幸好还有机缘复生，能见到阿锦。如此算来，这位林渊小友也算是我的救命恩人了。若有机会，请他来天凤宫赴宴吧。"

方锦叹气："恐怕请不到他了。"

"为何？"

"为救父君，我曾用碎魂匕首令他灰飞烟灭。好不容易将他复活，却叫他知晓了真相，如今躲着我，不愿见我了。"说着，方锦又要落泪。

老凤君听得小儿女的爱恨情仇，倒是笑了一场，道："若他恨你，恐怕就不是躲着你，而是杀了你。这般法力高强的小友，缘何留下你性命？"

老凤君这番点拨，教方锦醍醐灌顶一般地醒悟过来。

她心生起欢喜："是了！阿渊不是什么良善人，他若恨惨了我，定会早早要我性命。他躲着我，不愿见我，就代表他心里还有我。多谢父君，我明日就找他去！"

老凤君含笑拍了拍女儿的肩："不急。你若寻到他，定要好生同他道歉。人心总是肉长的，你诚心补偿，他也未必油盐不进。"

男人总归是最懂男人的，方锦相信父亲的判断。

方锦今夜陪着老凤君说了好多话，她已经许久没有这样开心了。果然有了家人在身边，天大的事，她也有勇气面对。

翌日，方锦打算启程去一趟妖界。

因林渊斗上天界为妖族复仇一事，神族已经不敢把妖怪们当成奴隶蓄养。虽说那些妖族俘虏都逃回了妖界，但神界和妖界之间的关系还是不大好。

方锦若要混入妖界，必然不能暴露真身。

老凤君赠了方锦一件鲛裙，道："这是你娘生前遗物，她乃鲛族公主，介于妖、神之间，你穿着她的衣，再入妖界便无妖会怀疑你。"

"母亲……是鲛族吗？"

老凤君鲜同方锦说起她母亲，更没有讲过她母亲的种族。

老凤君缄默许久，道："从前，神族不大认可你母亲的血脉，为了带她回天凤宫，为父对外瞒住了她的种族。我从未对你提起，也是因她死前曾有遗嘱，命我好生保护你，切莫说出她的身份，这般你也不会被神子们瞧不起。"

方锦懂了，母亲自觉血脉卑劣，不敢叫她受人嘲讽。

但是，她没有嫌弃过的。

方锦落寞地道："鲛族明明也很好……"

"是了。"老凤君慈祥地抚摸方锦的头，"你母亲是很美的鲛人。"

"嗯！"方锦仰头笑了，与有荣焉。

03

方锦没有林渊的线索，无头苍蝇一样乱窜，肯定一时半会儿找不到他。

于是她就打算另辟蹊径。

据说，鲛族是妖界的名门望族。方锦想，她这个半鲛血脉的神女若能沾亲带故，攀上高枝，那她在妖界里的人脉不就更广，也更能寻到林渊了？

林渊痛恨人族与神族，要待也只会回到妖界，所以方锦觉得自己寻他的方向是没有错的。

岂料，理想很丰满，现实很骨感。

她刚来到鲛族所在的海域，就被虾兵蟹将拦了下来。

一只虾兵："你身上怎会有我族公主的气息？"

方锦看了一眼身上波光粼粼的鲛裙，道："哦，那是我母亲。"

蟹将挠头："母亲？不可能，公主今年刚刚成年，如何会有你这样大的女儿？"

一旁的虾兵戳了戳伙伴："嘻，怕是公主前世的情债！"

方锦耳朵竖起来："什、什么前世？"

"你怕是不知道吧？我们鲛族若有鲛女仙逝，肉身必会化为泡沫，再度回到海中，静候重生。公主于几百年前魂归故里，族中长老哺育了她多年，总算养回了魂。这一回，再怎样都不能让公主嫁到天界去遭罪了！"

方锦一时风中凌乱,她好像听到了一个了不得的消息。

也就是说,她和父君今早还在一起抱头痛哭母亲仙逝,撒手人寰……可她的母亲分明在鲛族里吃好喝好,抛夫弃子也全然无所畏惧?

怎么办?她是应该先打入敌军内部呢,还是应该先告诉父君?

方锦想了想,她还要找阿渊呢,如何耽搁得起这么多时日?她暗自点点头,正迈步要走,身后忽然响起了女子哽咽的嗓音:"你、你是阿锦,对不对?"

方锦回头,望着这个同自己差不多年岁的漂亮鲛女。

鲛女的眉眼同她太像了,不用人说都知道,这是她的母亲。

即便有血脉亲缘,知晓对方是自己母亲,可看着这么年轻的面孔,那一句"阿娘",方锦如何都喊不出口。

她深吸一口气,做足了心理准备。

老半天,方锦才怯怯地叫了句:"阿娘?"

"嗳!是我。"方母两眼包泪,一下子把方锦以公主抱的姿势颠了起来,搂到怀里。

嚯!力气真大!

方母热情地亲吻方锦面颊,问:"你怎么来寻阿娘了?这些年你过得好不好?"

方锦被她亲得七荤八素,鼻腔里全是香粉气息,好久才答出一句:"是、是父君今早告诉我,说您的家乡在这里。"

方母浑身一抖,难以置信地问:"你父亲活过来了?"

"嘿嘿,惊不惊喜?意不意外?"

"啊!前夫活过来了,看来我这婚事不能成了。"方母难得慌张，一时都不知该作何反应。

"嗯？等等，阿娘你还要另嫁他人？"方锦被她吓得无言以对，内心呐喊：还我今早出于感动落的眼泪！我母亲哪里是专情娇弱的小鲛人啊！

思及此，方锦忽然沉默了。

这做法，是不是和她从前引诱林渊如出一辙？难道她的秉性师承她母亲啊？

方母忸怩地道："原以为你父君辞世了，我心灰意冷，又感念长老们的救命之恩，故而同意族中联姻。但如今你父君醒了，这婚事怕是万万做不得真了。就是不知你父亲……"

方锦一拍额头："您且放宽心！父君今早还念叨起您呢，如何会忘了您！"

"当真？"

"当真！"方锦咬牙，"您松开我，我这就回天界去请父君来迎您。"

"嗳，你这孩子，怎么毛毛糙糙的！"方母一面娇羞，一面已然推搡方锦，催她快回家去请前夫过来。

方锦语塞半晌。

女人的脾气果真古怪啊。

方锦才走不过两个时辰，又回到了天凤宫。正在服用药汤的老凤君高高挑起眉头，温声道："你们小儿女吵架也是胡闹一场吗？这才几个时辰，人就寻到了？"

方锦知父亲误会了，忙摇了摇头："没寻到阿渊，倒是寻到了母亲。"

老凤君一口药汤咳出来,他狼狈地拿帕子擦拭嘴角,问:"阿锦方才说什么?"

　　"母亲,鲛族公主,她转世回了族中!父君再不去,她明儿就嫁人了。"

　　老凤君无言。

　　他额头青筋一抽,静默很久,才开口:"你的意思是,她重生以后,第一反应不是来天凤宫寻我,而是抛夫弃子另寻他欢?"

　　"好像……是这么个意思?"方锦艰涩地答。

　　老凤君笑得温柔:"娇娇多年不见,水性杨花的脾性倒是见长。"

　　方锦怎的觉得……父亲这笑有些许瘆人呢?而且,因母亲乃鲛族人,所以唤她"娇娇"吗?这也太随意了!

　　老凤君轻按了按额心,道:"既有家事,为父便同阿锦一块儿下界一回,权当散散心吧。"

　　方锦默不作声,她总觉得父亲口中这句"散散心"有点咬牙切齿的意味。

　　方锦一直以为父亲和母亲该是琴瑟和鸣的样貌,从来不知,见到父亲,母亲也有胆小如鼠的时刻。将将才成年的鲛人公主鲛离一见前夫那张漂亮却阴沉的脸,一时发抖,从发丝儿抖到尾巴尖。

　　她藏在方锦身后,朝老凤君怯怯一笑:"你、你醒了?缘何不来告诉我一声?"

　　老凤君理了理衣襟,慢条斯理地道:"哦,你我夫妻一场,你婚宴帖子是该送到天凤宫里,邀我喝这一场喜酒的。"

鲛离明白他是记恨她另嫁他人。

鲛离懊丧得很，垂眉敛目，答："我以为你死了……"

"嗯，我也以为你死了，所以灰飞烟灭也无所惧。怎知，你背着我偷情倒是很欢实。"老凤君恼怒她的无情无义，也不管这话在闺女面前够不够好听了。

方锦不敢掺和父母亲吵架，讪讪一笑："你俩聊，我先出去逛逛。"

她舍下他们，先一步溜走了。

待方锦沿海捡了三百个贝壳，抓了四百只螃蟹，虾兵蟹将终来请她回殿内："小公主！长老请你回宫内吃宴，咱们回去吧？"

方锦原以为回了宫中，父母亲还是剑拔弩张的样貌。岂料她太不了解关系亲密的小夫妻了，这才几个时辰啊，两人就和好如初！

不知老凤君给长老许诺了什么，大家格外礼待他，赔笑道："是了是了，公主从未和凤君和离过，还有神婚在身，自是该回天凤宫的。"

老凤君很满意："嗯，如此最好。"

鲛离心虚得不敢看人，只得眼睛珠子滴溜溜地私下扫荡。她的目光捕捉到方锦，眼眸一亮，朝方锦招招手："阿锦过来！"

方锦乖顺地走过去，还没等落座就被鲛离捞到怀里揉脑袋。

她、她的母亲也太热情了吧！

鲛离笑道："我都听你父亲说啦，你此番下界，是要寻你的小情郎。"

老凤君大声咳嗽，方锦也大声咳嗽！这种丑事不要大声宣扬,她也是要脸的!

鲛离却不以为然,道:"这有什么呢?喜欢一个人自要努力争取的。想当年你父亲也是一心修神途,可是运气不好,历劫的时候落到我府上。我看中了他俊美的脸蛋,自是要威逼利诱哄他成事呀!你看,强扭的瓜事后不也挺顾家吗?"

说完,她又叹了口气,对方锦悄悄咬耳朵:"就是有一点不好,太难脱身了,忒烦。"

鲛离想起老凤君被她囚在寝殿里迎风咳血的模样就觉得异常心动,她拿着解药哄人,若从了她,不但给他解毒,往后荣华富贵享之不尽。

男人终是屈服了,乖巧地喝下了药。

一夜春风共度,正当鲛离拍拍手打算离开时,老凤君暴露了身份,说他乃凤凰神族一族之君,既占了姑娘家的便宜,自会配备聘礼登门提亲。

这话吓得鲛离半天都说不出话,鲛人喜欢漂亮的事物,她是喜欢他的脸,可没想和人成亲啊。

鲛离刚想说:"要不,我们算了吧?"

偏偏老凤君冷淡地扫她一眼,已然离去了。

鲛离猜,这恐怕就是神君的复仇,她婚后定会被虐得体无完肤。

岂料……嗯,怎么说呢,成亲后的男人还挺疼人的?

方锦从来没想到她父母亲不是纯爱剧本,而是女追男强取豪夺吗?她目瞪口呆,痴痴地喃喃:"这、这也行?"

鲛离娇羞:"哎呀,怎么不行啦?总归得有人主动,方能成事嘛!"

方锦恭敬地抱拳:"好的,女儿受教了!"

方锦很了解林渊,他确实没有留在人间与天界,而是在妖界寻了一片靠海的洞府沉眠。

自从他感受到帝君的魂魄在体内滋养,他的脊骨便成日疼痛,像是想多分裂出一根,供给帝君复生。

林渊坐起身,捏诀念咒,强行布下封印,镇压帝君作祟的神魂。

他喷出一口血,嘴角殷红,眼中浮现杀意。

胸腔破了个洞,汩汩流出血液。还没等血液染上衣,又卷出几道红莲业火,把妖血烧得一干二净。

林渊知道是时候了,他潜入灵府之中,看着被困在无上灵域里的帝君,道:"不必折腾了,再过几日,你我都会死。"

帝君怎料林渊的手段这样狠厉,他狰狞地嚷:"深仇大恨都在前世了结,你何苦还要与我同归于尽?如今咱们一体双生,互帮互助,得此千秋万代,不好吗?"

"不,我嫌恶心。"林渊淡漠地答话,掌心化为光刃,刺入帝君的心脏。

"哇"的一声,帝君口吐鲜血,与此同时,林渊也喷出一口血。

帝君咬牙,困惑地问:"杀敌三千,自损八百!你伤了我,你也身受其害!为何还执意要自相残杀?"

"没为什么,只是心情好罢了。"林渊还能笑,那样恣意,那样明艳。看着宿敌受伤,他心情真的很好。

帝君害怕死去,害怕消亡于天地间。

他忍不住露出哀求之色："你可知，若毁了我的魂魄，你也灰飞烟灭，不复存在！"

"嗯。"林渊嫌他聒噪。

"你不是喜欢方锦那个丫头吗？你若是死了，永世都见不到她！"

林渊听到方锦的名字，心神一动。

但很快，他垂下眼睫，喃喃："那便见不到吧。"

"你！"帝君住了口，他的喉间也中了一道火刃，暂时开不了口。

林渊笑了下，说："我从未奢望过，还能有个善终。"

帝君拼死挤出一句："果真是无情的妖！"

"呵，你也配懂情吗？"林渊双手团起蓝色光焰，华光鼎盛，气流扶摇直上天穹。

那恢弘的狂风卷起林渊的衣袍，猎猎作响，连带着林渊那乌黑的发也随风飘曳。他又一次动用毕生修为，焚烧帝君的神魂。

他受百倍苦难，林渊亦如是。

但耳畔只留有帝君那撕心裂肺的哀号，却不见林渊皱一下眉头，仿佛他没有痛觉，无惧生死。

怎会有这样的神？怎会有这样的妖？怎会有这样的人？

林渊一体三魂，三界的苦难，他都领教过了，再没有什么能伤到他。若真要说有什么能伤到他的话，唯有情刃吧，入骨化水，融于一体，抽离不得。

他的骨血化为火纹，连同帝君的神魂一起升天。

林渊能抽离剑骨，也能抽离帝君的神魂。

他想，左右都是要死的，那么干脆一点吧。杀死帝君有难度，可他自我毁灭却很简单。

"多谢你与我命脉相连，这般，我才能置你于死地。"林渊笑着说出这句话，他笑得狂妄，满身都是喷涌而出的血液。

世上仿佛只剩下红色了，帝君被烧成了灰烬，一点点碎成白灰。

林渊也一寸寸消弭，神识归天。

林渊的神魂和帝君同归于尽了，那种神识湮灭的感觉不好受。

不过也幸好，他们一起死去了。

林渊被卷入无尽的浪潮中，半点力气都没有。

他一点点茫然，一点点清醒。

他以为他会马上消失，但他没有。

林渊还留着一具躯壳，只是这具躯壳似乎不能存续太久。

他看了一眼自己胸口那鲜红如血的魂核，隐约想起了，这是方锦用凰鸟血温养他，重生出的一具身体，与他的前世无关，故而能留存。

凤凰一族本就很难存活，需涅槃才可重生。他是她误打误撞淬炼出的魂魄，在魂核的滋养下，应当还能存留一段时间。

只是他真正的魂已经没有了，无魂的行尸，活不了多久。

他如今能说能动，也不过是受记忆驱使。

林渊烧尽了所有肉身与魂魄，唯独没动结心之门里的记忆，那是比他生命还要宝贵之物。

最多再活一个月吧，林渊就会真正消失于天地间。

他忽然欣慰地笑出声，小姑娘还是很聪明的，知道用凰鸟血给他养出一枚魂核。虽聊胜于无，但也足够了。他忍不住摸了摸胸口，这颗心是温热的，像个人一样了。

看啊，他干净了。

林渊剥离了此身全部仇恨的骨肉，剩下的这些，就完完全全属于方锦了。

许久不见方锦，他很想念她。

不知他的锦锦在做什么？过得好吗？应当很好吧。

她的父君能复生了，往后她也是有父亲的人了，她应该就不会那么挂心他了。

但林渊不舍得将她托付给其他人，人的私欲很重，总想强留住自己的东西。

林渊想起上一次，他为了赶走她，对她说了那么重的话，她肯定会哭吧？

林渊很想告诉她，小姑娘哭得真丑啊，让他很心疼。

他不知道要不要去见方锦。如果她已经习惯没有他的日子，那他是不是不该再打搅她了？

林渊思考了很久，最终体力不济，睡着了。

他又嗅到了熟悉的灵府气息，这时他才懂，那日为何能轻而易举踏入方锦的灵府了。

她用凰鸟之血养育他，与他缔结了仙侣契花，故而相通了灵府。

说她笨的时候，又有几分急智。

这一觉，林渊睡得很好，是数百年来，最好的一次。梦里，他梦到了方锦。她仍在那个洞府等他，拍了拍被褥喊他来睡。她说，这次不必他暖床了，她自告奋勇帮他先暖上了。

"真是乖巧。"他笑着夸她,小姑娘却莫名地流下了两行眼泪。

辗转一会儿,又是一个梦境。

他为了吓退方锦,故意捏她的手,逼她用刀抵住他的胸口:"锦锦做这事不是很娴熟吗?缘何今日就不会了?要不要……我教教你?"

方锦仍是一直哭,哭得他头疼。

后来,他丢掉她手里的刀,抱紧了她。

唉,他其实很舍不得。何必折磨她,又何必折磨自己。

醒来时,林渊庆幸他已经杀了帝君,往后他再没顾虑了。

霎时间,林渊感受到方锦灵府不安的波动,蓦然抿起了唇瓣。

她怎么了?在害怕吗?

她有难了。

林渊撑起身子,唤出长剑。

纠结片刻,他还是捏诀御剑,几个飞身,冲向方锦所在之地。

小姑娘怎么这么不让人省心呢?

方锦近日其实还挺快乐的,她爹娘都笃定林渊在等她去找,他一定是爱着她的。

她从前是当局者迷,才会这样感伤,如今跳出去一看,也深觉如此。

原来,落入情爱陷阱的人是林渊这只白兔,她才是猎手。

林渊能永生呢,有好长时间可以活,所以她一定会找到他的!

老凤君登基了,成了新一任帝君,而方锦的母后也成了帝后。既是和妖族联姻,那么神界对妖界的限制便解除了。

历经百年,妖、神两界终于休战,重归于好。

只可惜,妖界一直没有选出新一任妖王,故而不能同神界接洽,互通有无。

方锦想,她做了这么多好事,林渊一定看到了。

他会很高兴吧?如今他的小妖们都安全了,只要不是吃人害人的恶物,没有人或神会伤害小妖怪的。

方锦在妖界游走时,故意藏了自己的气泽,她怕林渊发现后就不会来见她了。

唉,像她这样痴情的鸟兽,真是罕见呀!

方锦四处问林渊的下落,和未开多少灵智的小妖比画,也是说:"你们有没有见过阿渊?就是很厉害的妖怪,比妖王还厉害!"

小妖怪没听过阿渊,但是他们知道厉害的妖怪。

于是,小妖怪说:"我知道、我知道!几天前,东黄山上来了一只大妖,他建立了洞府,收了很多小弟。大家都说,他法力高强,以后肯定是要成妖王的。"

方锦听得这话,眼睛一下子亮了。

几天前忽然来的,还是法力高强的大妖,那不就是她的阿渊吗?

她惊喜极了,连忙跑到大妖的山头应聘手下。然而,妖怪们觉得女妖太弱了,不如去应聘大王的后宫,保不准上位会快一点。方锦顿时火冒三丈,这林渊怎么回事啊?之前还说只爱她一个人,受了情伤后,他转头就出去勾勾搭搭了?勾搭一个也就罢了,还勾搭一堆?

是可忍,孰不可忍。她执着鸟羽鞭杀上门头,把那一众搔首弄姿的女妖都击退了。

妖界最是崇尚强者,小弟们眼睛都看直了,顷刻间拜服在方锦裙下,对她三呼:"拜见王后!王后万福金安!往后咱们都听您差遣!"

就连大王也施施然下了高台,露出一张半蛇半人的脸,满意地看着方锦:"嗯,吾妻果然威猛!"

方锦吓了一跳:"等等,你不是阿渊?"

"阿渊?是你的情郎吗?"蛇大王有一瞬间失神,但很快,他又道,"没事!王后的情债,本王不在意,往后同本王一条心便是了。"

"呃,我想其中一定有什么误会。"方锦拔腿就想跑。

岂料这个蛇大王确实有几分本事,他用的是神子的法器,一下就把方锦束缚成一个茧子。

缚神索制成的网?他怎么会有这样的神器?

方锦面色凝重,问:"你是不是早知我会来?"

蛇大王也不装了,他奸笑着道:"我知帝君之女下界寻人,为了逮你,我特地备好缚神网。只要你我有了夫妻之实,你再为我生下几个孩儿,不怕你的父君不承认我这个女婿。"

好啊,原是打着做帝君女婿的算盘!

方锦被缚神网捆得烦闷,但她知道,只要蛇大王一开茧子,她不难戳瞎他这一双蛇眼,只不过好久没遇到这样的贼人,她都有点忘记该怎么出手了。

就在方锦恍神之际,茧外蓝芒流动,一声惨叫震耳欲聋。

方锦吓了一跳，再眨一眨眼，茧子已被一把剑刃的寒光划开了。

纱网染了蛇血，犹如喜帕盖头一般红艳。它覆在方锦乌黑的发上，半遮半掩她那双水光潋滟的杏眼。

方锦一抬头，看到了眼前的人，杏眼里忽然蓄满了泪，水雾缭绕。

站在她面前的，正是她朝思暮想的郎君啊。

林渊见她第一眼，她就在哭。

和梦境正好对上了。

他哑然失笑，手已然摩挲上她的下颌："你怎么，事事都不让我省心？"

林渊还是和从前一样的俊美仪容，只是他的身上沾了太多血，那血量教方锦心惊胆战。

她忍不住追问："你受伤了吗？"

林渊看了眼衣上的血，一时心神恍惚，这是此前和帝君纠缠落的血，忘记换衣服了，竟惊吓到了小姑娘。

好半晌，他想出一个缘由搪塞方锦。

他淡淡地说了句："哦，杀蛇精时溅上的。"

"不是你的就好。"方锦松了一口气，擦干净眼泪。

她朝林渊伸出手，掌心握了握，又悄悄缩回来，她想抱林渊又不敢。他现在究竟是愿意让她亲近还是不愿意呢？男人这样哑巴可怎么好？总要说句话吧？

方锦纠结半晌，怯怯地问了句："这次你不会走了吧？"

"不会了。"林渊摇摇头，对她许诺。

因为，他想死在她身旁。

方锦心里升起一阵欣喜，她小心捏住林渊的衣角，和他郑重道歉："对不起，被我刺中魂核的时候你一定很疼吧？我也给你刺一次，你记得把我复生就好了。"

"不必，不疼了，没事了。"林渊朝她伸手，拉她站起身，解释，"我之前离开你，是因为帝君蛰伏于我妖魂之中，同我共生。好在我已经将妖魂毁去，只留人身，往后我们就能永远待在一起了。"

他同她开诚布公，没有了秘密。

情路忽然这样顺遂，教方锦受宠若惊。她生了天大的胆子，拉住林渊的手："真的？"

她蹭了蹭林渊的胸口，眷恋地嗅他身上气息。

啊，是她熟悉的草木清香！

"嗯。"林渊喜欢她欢喜的模样，他伸出手，摸了摸小姑娘的头顶。

软软的乌发，手感很好，真希望她一直都在他的怀里。

方锦像是个一心拐爱人的负心汉，絮絮叨叨地许诺："真好！阿渊，我一定会对你很好，绝对不打你骂你！"

他挑眉："你还想过打我骂我？"

"那没有，我也打不过你啊。"

"呵。"

方锦能再次找到林渊，她高兴极了。她憋了好多话想和他说，左思右想，只道出一句："你是想回天凤宫还是洞府？我和你说过吗？我父亲醒了，我母亲也活了，嘿嘿，他们都很想见你。"

"这不是很好吗？"林渊捏了捏她的脸颊，满心欣慰，"不过见你爹娘的事不着急，总要好生准备一下。"

他怕老凤君道行太高，一眼就看出他是无魂之尸。

他不想让方锦难过，至少他暂时只想和她两个人好好活着。

方锦一时面红耳赤，她猜林渊定是要筹备提亲事宜了。哎呀，男人的心思真好猜，她装作不知道这个惊喜好了。

"那好，我们回洞府！家具我都没腾空呢，正好能住人。"

林渊想了一会儿，道："不如回咸鸾宫吧。"

那是林渊作为人神时所住的宫阙。

方锦后知后觉回过神来，问："你是想你的弟子们了？"

"师门早早散了，宫中无弟子居住了。不过是咸鸾宫屋舍布置不错，比洞府住得舒适。"

"那也行，嘿嘿，人间有一句话叫'夫唱妇随'，我都听你的。"方锦对林渊有亏欠，半点不敢叫板，任林渊说什么，她便做什么。

"嗯，锦锦很乖。"他揉了揉她的发。

方锦欢喜，林渊真的回来了，并且愿意和她和睦相处，从今往后，他们再也不要分开了。

第六章
墙里秋千墙外道

01

咸鸾宫许久没打扫，院内堆了不少枯叶。

好在方锦有清净术法，指尖捏出一个诀，一应脏乱都迎刃而解。

唯一的不好就是变出的吃食吃起来没味儿，一旦下肚，腹中还是空空的。

委屈什么都不能委屈嘴，方锦便拉着林渊下界采买食物。她近日嗜甜，各式各样的蜜饯果脯买了不少。

方锦一面往嘴里塞胡桃仁，一面问林渊："阿渊，你还记得很久以前，我曾问过你有关'咸鸾宫'的名头来历吗？真是你一时兴起取的？我看你附庸风雅，不像是会取这个俗名的样子。"

林渊莞尔："唔，甜咸，鸾凤，你取'天凤宫'，还不许我喊'咸鸾宫'吗？"

方锦愣住了:"你蓄谋已久啊!"

"也不算久。"郎君轻笑。

她好奇地问:"你是何时对我起的意?"

林渊思索一番,道:"你取我魂的时候,看似是近日发生的事,但在我的记忆中,你却是第一个救了孤立无援的我的人,我记得你的样貌,潜伏于天界时就对你上了心。"

方锦这才明白过来:"也就是说,我凡间历劫中药之时,你就对我心怀不轨……看似清心寡欲,其实巴不得我将你吃干抹净?"

"锦锦,不必说得这样难听。"

方锦"嘿嘿"两声笑:"我就知道,这世上能抵抗我魅力的男子,几近于无。"

她扬扬得意,且自恋上了。

林渊拿她没办法,只得无奈地摇头。

两人逛到夜幕迟迟,才于无人处捏了个诀归殿中。方锦嘴馋,趁林渊沐浴时,在榻上剥瓜子吃。

还没等她掰开两颗,身后便响起了林渊阴森森的嗓音:"你在做什么?"

"吃、吃瓜子?"方锦做贼心虚,忙讨好地奉上一堆雪白的瓜子仁,"特地剥好孝敬阿渊的。"

她谄媚地笑,就差摇尾巴了。

林渊拿她没办法,叹了一口气:"你自己吃吧,下回别把床榻吃得这样脏。"

"是、是!"

只不过,林渊的好脾气在他从被褥中摸到两颗蜜枣、三颗胡桃、四颗杏仁时，支离破碎。

他切齿，扣住方锦，夺走她私藏的零嘴，道："别吃了，该休息了。"

方锦不肯，小声说她这几日担惊受怕，在外风餐露宿，都没吃过几顿好的，眼下她欲身心放松，自然要从吃上找补回来。

听得这话，林渊意味深长地道："你是想身心放松吗？除了吃零嘴一法，旁的事也有同种功效。"

"嗯？愿闻其详。"

方锦刚开口，就被林渊按在软绵绵的桃花纹云被上了。

他与她乌发纠缠，十指相扣，身体力行地解释了一番何为"身心放松"。

夜晚，方锦挨着林渊入睡。

林渊的身体有点凉，好似冰鉴一般，诱她不住伸手帮他暖一暖五指。

方锦问："阿渊，你很冷吗？"

林渊似是想到了什么，强装镇定地道："我体温一贯如此。"

"是吗？那你冬日里可太遭罪了。"她往他肩臂上蹭了蹭，"不过往后有我在，我会帮你暖身子的，到时候在被窝里多塞几个汤婆子，保管你浑身上下都松泛了，你不必担心。"

"嗯，我不担心。"林渊吻了她一下，劝她早些睡吧。

方锦睡在榻上，却觉还在梦中一样。她听到林渊平缓的心跳声，心神才渐渐平静下来。

林渊伸手过去，揽她入怀："睡不着吗？"

他的声音略带困倦，沉沉闷闷，却让人心安。

听到林渊的话语，方锦放松了不少。她小心地贴在他的胸口，顺势蹭了蹭男人的下巴，低语："有点害怕。"

"怕什么？"

"我害怕自己一觉醒来，你就不见了。"

林渊静默不语，心想：应当不至于不见，至少尸体还会留下。

于是，他笑了声："我一直在。"

"真的？"

"嗯。"林渊亲了一下她的耳郭，"睡吧。"

"好！"方锦枕在林渊的手臂上，蜷缩于他怀中。有林渊拍背哄睡，她很快陷入了梦乡。

林渊没撒谎，他真的没走。

一睡醒，方锦和林渊四目相对，心生起缱绻爱意。她以前只觉得情啊爱啊的很腻人，如今真真正正遭历一场，便觉得没有那么埋汰，还是挺有滋有味的。

方锦平日里不爱读书，想同林渊表露爱意，可搜肠刮肚问出来，仍是一句："今早吃什么？"

林渊原本殷切地立在床侧，或许也是想小娇妻能说两句甜言蜜语来增进感情，一听她问出这句话，呼吸一室。

良久，他艰涩地开口："炖了河鲜粥，起来吃吧。"

方锦一听到有吃的，把所有烦恼都抛诸脑后，她趿着鞋想冲往饭厅。刚走没两步，她又想起来什么，尴尬地回头，对林渊说："我这般焦急想吃粥，不是因我嘴馋，而是我知，此乃阿渊一番心意，不忍辜负。你知我情深否？"

饶是许久没见方锦，他也被她的厚脸皮惊了一跳。

林渊沉默一会儿，说："知道，你最爱重我，定不会忽视我，快去洗漱用膳吧。"

"好。"这般，方锦才欢实地奔出了殿门。

林渊看着方锦心急火燎的背影，面上柔情一点点溢出。殿外和煦的光华照入，方锦娇小可人的背影似是在发光，熠熠生辉。

他喜欢这样温情的时刻，也希望多拥有这样稀松寻常的清晨。

若是能陪在她身边每一日就好了。

林渊想过，他不该这样残忍，弥留之际还来撩拨她、招惹她、陪伴她，可是先前几回，他都离她而去。

他看方锦漫山遍野寻他，看她辗转于红尘人间，他觉得方锦太可怜了。什么都瞒着她，什么都躲着她，未必待她最好。或许她并不想要他这一份体谅，她只想要他陪着，无论生或是死。

一切事都是林渊在做决定，未免太霸道了。

鸟兽脑仁儿纤小，定是不懂那么多的。

林渊轻笑了一声，他觉得自己今日精神头还不错，应当还能多撑几日。

他要在自己死前，陪锦锦做完所有她想做的事。

这般，他才能安心赴死。

他的一生真是悲惨啊，没有过几天欢快的日子。好不容易重逢，也是在静候死亡。

方锦肚子吃得滚圆，她变回了兽形，四仰八叉躺在院中晒太阳。

那凰鸟爪子朝天高高翘起，不知情的人，还当她已经死了。

林渊瞥了一眼毫无睡相的方锦，给她变了一张美人榻出来："变回人身，过来，我陪你睡。"

林渊愿意陪她一块儿睡午觉，方锦求之不得。

方锦美滋滋地幻化成人形，钻到林渊的怀中，蹭啊蹭。

郎君身上好香，迷得她神魂颠倒。

方锦许久没这样惬意过了，快乐得想要哼歌儿。诚然，她确实五音不全，还没开腔几句，就被林渊打断了。

他坏心眼地咬了一下她的耳尖，似是挑逗她，半天又没有后续动作。

方锦等得不耐烦，也懒得同他计较，只打了个哈欠，好似收拢了浑身羽翼，安心缩在林渊的怀里。

竟是个没戒备心的姑娘。

林渊怜爱地问："锦锦，你有没有什么很想做的事？"

闻言，方锦仔细思考了一回，道："倒也没什么特别想做的，就如同今日这样，和你靠在一张榻上晒一晒日光便极好了。"

她的愿望这样小，仿佛只要他能陪伴着她，那么天底下一应事都不打紧了。

林渊莫名觉得心头酸涩，满溢出的情绪压得他几乎喘不过气来。他该如何同她开口，她的林渊早早死了，连同魂魄都不在了。

如今抱着她的，无非是一具只有残识的行尸。

她会讨厌他吗？她一定会很难过。

林渊忽然感到愧疚，他不知他这一回来见她，是否做错了。

方锦不知林渊这些凄苦的心绪，她只是回过头，双臂欢快地搂住俊秀郎君的脖颈,把白嫩的脸颊贴上他的,耳鬓厮磨,道:"我好像一直没有告诉阿渊,我近日有多高兴!我还想着,你避我不及,定是很难找,或许要寻个千年万年,但你肯定也是想我的,所以才没几日就出现了。真好,你看,我俩待在一起是顶登对的,何必彼此磋磨来磋磨去不得善终,对不对?"

"嗯,你说的是。"

"嘿嘿,我一直都很有道理的。"

难得心情好,方锦忽然想吃点人界的食物。她握了握林渊的手,道:"我带你去人间吃酒吧?"

林渊虽是人族出身,但十分不喜人类,聊起这个,兴致缺缺。

好半晌,他才问了句:"天界的吃食不好吗?我可以帮你捎带些,回咸鸾宫里吃。"

"倒也没有不好,火候啊还有食材的品相都是上乘。就是太完美了,反而让我吃得谨慎。"方锦思索了一番,"好比套着镣铐进餐一般,没有在人界时那样畅快。"

林渊想到神仙们确实有举止规范,要符合仙仪,这般才能同外族区分,着实没劲。

既是方锦想干的,那他就圆她的梦。

"好,那我陪你下界。"

方锦欢喜地换了一身腊樱图襦裙,又给郎君林渊挑了一身江崖湖泊纹昏色圆领袍,都是绚烂的颜色,看着便是仙侣装束,极为登对。

方锦寻了个酒肆,沽了一壶酒,还叫了几道菜。

人界已经是炎炎夏日了,方锦就差小厮去面馆里打包了两份蒜臊冷淘银丝面来吃,面里添了猪肉丁、笋干还有蘑菇,淋上辣油和醋，吃起来辛香可口。

方锦吃得酣畅淋漓，嘴角都沾满了肉汁。

再抬头，她发现林渊的面都坨了，他还没动筷。

方锦问："你怎么不吃呀？"

林渊捏着帕子为她擦拭嘴角："我说过，我辟了谷，不会饿。"

方锦才想起这件事，羞赧地摸了摸鼻尖："那你今日就是特地陪我吃的。"

"嗯。"林渊补了句，"看你吃也很好。"

他不觉得无聊。

方锦眨眨眼："阿渊最近很宠爱我啊。"

她一面欢喜，一面又有点不安。林渊待她的温柔仿佛都有代价，每一次她都很珍视，却每一次都被他所伤。

这次，应该是真的吧？林渊会留在她身边。

他不爱撒谎的！

好吧，方锦承认，她被他骗过太多次了。

两人吃饱喝足，回了宫殿。

方锦吃撑了，窝在林渊怀里，任他帮她揉肚子消食。

直到仙童循着方锦的气息寻上门头来。他们递来婚帖，原是有神君寻到仙侣要成婚，特邀方锦前去观礼。

对于方锦和林渊的事，大家心知肚明，只是如今当帝君的乃是老凤君，诸仙识时务者为俊杰，无一敢开口说句林渊的不是。

听说这位前妖王林渊，原本是落得灰飞烟灭的结局，偏偏神女用凰鸟血亲自为其聚魂,硬生生养出了魂核,得以复生。

一个妖族的女婿,能得帝姬宠爱至此,怕是一般人都嚼不动他的舌根。

方锦是个独身的神女,血脉高贵,又是天界公主,自然成了独身神君眼里的香饽饽。

即便有个正房林渊又如何?他转世以后妖力全无,不过是个普通人神,诸君未必打不过。况且,他们听到小道消息说,重生的林渊忒不济了,连雷劫都是方锦帮他抵挡的,自个儿全然过不去。

这样几句八卦分析下来,大家心里有底多了。

婚宴当天,一众神君打扮得花枝招展,就是为了博得方锦的青睐。

怎料,待林渊那冷冽的目光逐一扫过时,他们出于本能,还是一个个跪倒在林渊面前了。

啧,条件反射!他们对于妖王林渊的惧怕,果然是深入人心啊。

方锦被众神一跪,颇有些尴尬,她讪讪一笑:"免礼,大家不必这般客气。我虽是代父君的名头前来赴宴,却也是掺和的私宴,一切规矩从简便是。"

方锦的憨傻话语,恰巧帮诸君解了围。

在独身郎君眼中,她俨然成了那等善解人意的好姑娘。

可方锦傻,不代表林渊傻。

林渊一方面不允许旁人觊觎方锦,另一方面,他又想,若他死后,有人能帮着照顾方锦,倒也不错。

思来想去,林渊还是压制住内心的占有欲,冷声问:"在场的神君，可有合你眼缘的？"

听得这话，方锦后知后觉醒悟过来——啊！这是善妒夫君的试炼！

她义正词严地道："庸脂俗粉，及不上阿渊分毫。"

林渊缄默。听了这话他真是既高兴又不高兴。

不过，林渊饶这群"男狐狸精"一回，偏生他们还大胆来引诱。

有神君仗着以往同方锦有交情，故意来同她敬酒。

结果三大坛天酒下去，神君先扶墙吐了。

方锦鄙夷："你也忒不济了，有个顶天立地的郎君模样行吗？在场还有谁，敢来同我畅饮？"

方锦高声嚷嚷，不胜酒力的郎君们抱作一团，抖若筛糠。

她意兴阑珊："一个能喝的都没有。"

她为新婚夫妇奉上贺礼后，拍了拍手，拉着林渊，道："走了。"

林渊被她牵出洞府。

02

许是为了烘托洞房花烛夜的气氛，天穹被更变成了月夜，月光倾泻于两人相扣的指节与发间，像是披了一层薄薄的纱。

林渊好奇地问："你不想多玩一会儿吗？"

"不了。"

他借月色观方锦的眉眼，忽然觉得她今日与往常有些许不同，小姑娘太安静了，像是怀揣心事。

"你怎么了？"林渊发问。

方锦忽然仰首，朝他笑得苦涩："阿渊，你觉得我很傻吗？"

她止住步伐，同他一起仰首望月。这样凄清的夜，正合她眼下的心绪。

林渊原本想伸出手去触摸小姑娘的脊背，可指尖探到一半，又颓唐地缩回。

他不配。

林渊头一次这样惶恐，不安的情绪酝酿、发酵、蔓延，最终泛滥，汹涌成灾。

他什么都没说，也不敢说。

方锦的眉眼一寸寸黯下来，她又有了委屈的心绪，眼眶微微发烫。

她垂首，背对着林渊，小声问："你不是那等大度的男人，为何要帮我寻郎君？是不是你又要走？又要给我留什么人？第一次是小童，第二次是父亲，如今第三次了，你又想留谁呢？"

她转过身，死死揪住林渊的衣襟。

眼泪已然淌了满脸，方锦生了火气，怒不可遏，她大声质问："林渊，你究竟要丢下我多少次！这次又要放多狠的话？来啊！我不怕你！大不了一起死！"

林渊凝望着眼前歇斯底里的小姑娘，心口蔓延起丝丝缕缕的疼痛，可伴随疼痛席卷而来的，还有难言的甜蜜。

他不知道自己想要什么，但眼下，他希望她别哭。

林渊探出白皙的指节，拭去方锦落下的泪。

她是水做的吗？为何哭个不停呢？

方锦抬起水雾朦胧的眼,看着林渊那熟悉的笑,莫名觉得感伤。他确实有这样的念头吧?所以才会一次次给她希望,又一次次抛下她。

如果不是,他为何不反驳呢?

方锦觉得难堪极了,她咬着唇,问:"阿渊,我就这么不好吗?所以你要一次次离开我?"

她自认天界少有神女能及得上她的样貌,追求者可以从南天门排到地府了。她知道的,那些人不只是馋她的血脉,还馋她的皮囊……为何大家都爱重她,偏偏林渊不屑一顾呢?

是不是因为林渊也长得很好,所以对他而言,她的优势不那么大?

方锦眨了眨眼,眼泪又掉下来。

她嘟嘟囔囔:"我除了貌美,还贤惠啊!我为你洗手作羹汤,你在洞府中不也吃得很欢畅吗?"

林渊想起这一茬:"哦,那个炒蛋。"

方锦嘀咕了句:"虽然只会一样菜,但我不也花了心思学了吗?"

只不过学了很久,还没什么成绩罢了。

争了半天,好像话题又扯远了。

方锦捂住眼睛,想要挡住所有难堪的样貌,她把话拉回来:"你不喜欢我……"

所以才会一次次离开她,所以才会遇到事情第一个抛下她。

对于林渊而言,她是无足轻重的、随时可以舍弃的人。好卑鄙啊,她偏偏当他是独一无二的郎君,世上绝无仅有,无可替代。

"锦锦。"林渊忽然捧起方锦的脸，俯身，与她额心相抵，气息相织。他眸光似水，那样温柔。

林渊不愿欺瞒她了。

何必总让她受委屈呢？她跟着他，真是太苦了。

林渊浅笑，道："我活不久了。"

"为何？"方锦惊愕，难以接受这个结果，"你不是已经杀死帝君了吗？你不是平安无事回来了吗？"

林渊细细地抚去她急出的汗，苦笑："我的神魂与帝君同归于尽，现在留下的，不过是一具残识与行尸。"

仅仅是林渊生前残识与气泽都能驱动行尸，就能从中觉察出林渊的坚韧意志——他究竟有多想回到方锦身边，好好陪她共度余生。

"锦锦，对不起，我已经死了。"

他终于说出了这句话。这一瞬间，林渊很后悔自己回到她的身边。

可是永世不见方锦，她就会活得更好些吗？他不确定，他有太多事想不明白了。

方锦更想哭了，她埋在林渊怀里，哭得上气不接下气。

她紧攥他的衣襟，满手都是汗。

方锦抽抽噎噎："可是，于我而言，你没有死。你是林渊，你还活着，还待在我身边。"

"锦锦……你这样，我很为难。"能不能别哭了呢？他究竟该如何哄她呢？林渊第一次感到这样无力与恼怒，他也很想许诺方锦余生。可是，他做不到，他死了啊。

林渊吻去方锦的眼泪，他哄她不要哭。

他不觉得她哭相丑,他只是无能为力,只是很难过。

他恨自己没用,不能再保护方锦。

天道,为何独独待他残忍?

方锦哭累了,她被林渊抚着背,渐渐收住了声。

若她坦然接受命运的安排,那么是否就算好好珍惜了林渊。至少他回来找她了,给了她一段来之不易的幸福时光。

方锦想到父亲,她握住林渊的手,道:"你同我去见父亲,他见多识广,一定能救你。再不济就去求我母亲,他们鲛族有复生一说,定有法子救你。"

林渊知她求人也是徒劳,已经没了魂魄,怎可能复活。

只是他不想让方锦失落,什么都愿意迁就她:"好,我们去见凤君。"

这是林渊第一次见她的父母,方锦难免忐忑,路上一直在问:"你紧张吗?"

"不紧张。"

"那你的手怎么这样冰?"

"许是没魂的缘故。"

"好吧,没魂也没事。我是个看重表面功夫的人,不在意你内里。"方锦宽慰他。

"嗯。"林渊扶额,小姑娘哄人的话还是这样别出心裁。

林渊对要见老凤君一事,说不慌神是假的,毕竟他是方锦的父亲,又是如今的帝君。若他执意要林渊离开方锦,那凭如今的林渊,怕是没有抵抗的能力。

好在老凤君性子宽和,如今妻女都在身旁,他胸襟更宽广了,望向林渊的眸子满是笑意。

老凤君亲迎他入天凤宫:"是林渊小友吧?"

林渊颇感受宠若惊,不知他的亲昵从何而来:"拜见凤君,晚辈的确是林渊。"

能让杀神这般纡尊降贵拜会,也就只有仙侣的长辈了。

老凤君知他疑惑,含笑道:"你甘愿魂灭救我一事,我已知情。凤凰神族最是知恩图报,既如此,我也得还你人情。你这身子,恐怕用不了多久了吧?"

老凤君不愧是上古老神,一眼便看出林渊的残识已然枯竭,随时可能消弭于天地间。

林渊蹙眉:"我的神魂已死,而前帝君依附于我骨血之中,好不容易将他除去,不可再用旧魂复生之法。"

"我何时说过要用小友旧魂呢?"

听得这话,方锦回过神来。她欢喜地笑,上前去扯父亲的衣袖:"您有办法救阿渊?"

老凤君思忖一番,道:"法子是有,不过要吃不少苦头。或许千年,或许万年,为父也不知小友何时才能重生。"

林渊已然抱拳鞠躬:"只要能养出新魂,无论什么样的苦,晚辈都愿意吃。"

"好。"老凤君对女婿很满意,毕竟他有这样强的求生欲都是为了自家小女。一个能为女儿豁出性命、自毁永世的小郎君,他这个做长辈的又何必苛待?

"父君,究竟是什么法子?"

"你以凰鸟血养他,与他互通灵府,开出了仙侣契花,是吗?"

方锦一愣:"凰鸟血养魂不假,但仙侣契花……"她真的不知道啊!

林渊无奈地摇摇头,帮她答话:"是。"

"凤凰神族专情,一世只开一朵仙侣契花。阿锦对你用情至深,又用凰鸟血与你缔结血脉。即便你消散于天地间,她也能寻你气泽,养在灵府之中。只是你连神魂都灭了,我从未见过如此境况,不知多久,才能使气泽开灵智,助你养出新魂。"

也就是说,可能数万年都不见林渊踪迹,或许契花就此凋零败落也不一定。

但这已经是很好的消息了,林渊和方锦俱是一喜。

方锦同父亲撒娇:"多谢父亲!希望再渺茫,女儿也会去试的!"

"别怕,为父也会帮你的。"老凤君溺爱方锦,轻轻揉了揉她的发。

鲛离得知未来女婿拜访,早早去筹备吃食了。她招呼宫娥在殿中设宴,又喊他们坐下吃饭:"夫君怎不让孩子们坐下聊?这样肃穆,怪吓人的。"

鲛离如今还是十六七岁的少女样貌,约莫再过百年才会变得成熟。

乍一看,老凤君已是成熟男子的仪容,同她在一块儿,还真有点老牛吃嫩草的嫌疑。

见到母亲,方锦忽然想起一件事:"父君,若您同母亲也生出了仙侣契花。那么,母亲死时,您缘何不能寻到她气泽,将其复生?"

老凤君想到这个,心里就起火。

他微微一笑，道："我本也想复生爱妻，只可惜她亡故时，我寻遍四海八荒也无她气泽。当时我想，或许是鲛族特殊，人死即魂灭，连气泽也不复存在。后来才知，她早魂归故里重塑鲛身，既没有死透，又如何再复活？"

又翻旧账了，鲛离冷汗直冒。

她拍了拍方锦，笑道："咱们吃菜、吃菜，说那些陈年烂谷子的事作甚！"

女儿心眼可太实在了，一点眼力见儿都没有！

话虽如此，但鲛离的眼风还是忍不住飘向夫婿，某人手间已然摩挲起玉扳指，怕是居心不良。知爱妻窥探，他还侧头，朝她温文一笑。

鲛离懊恼，这般下去，今夜不知要许他多少好处，才能将这些破事一笔勾销。

饭后，老凤君领着林渊与方锦一块儿去了一次凤凰冢。

林渊既是方锦爱侣，理应将名册与气泽记录在凤凰神族家谱之上。

两人立下了血契，这般才算真正结侣。

眼下，只要等到林渊真正消散的那一日就好了。届时，林渊的仙侣契花沉眠于方锦的灵府之中，契花何时开，林渊的心魂何时结成。有了新魂，又有凰鸟血塑成的魂核作为容器，林渊就能再生。

方锦相信，林渊一定会回来的，即便要等上千年万年。

夜幕四合，方锦牵着林渊的手归家，望着天河上的璀璨星辰，对他说："以后遇到事了，要记得和家人商量，没什么过不去的坎儿。"

"家人？"林渊有一瞬息的错愕。

"嗯！你同我成了婚，我爹娘也就是你爹娘了，他们可疼爱小辈了，定会护着你的。"方锦言之凿凿，给他画和睦家园的大饼。

闻言，林渊嘴角噙笑，心头滚烫。

他也有家人了吗？也有可以躲避风雨的家府了。

真好呢，是他一直以来的奢望。

林渊抚了下方锦面颊，温柔地道："好，我也会尽力回来，同你成一个家。"

"说好了哦，"方锦搂住他的脖颈，鼻腔发酸，"不许骗我。"

"嗯，这一次，我不会再骗你了。"林渊亲吻她的额头，眼底俱是绮情。他怎舍得骗她，又怎舍得再负她。

床帐中，方锦忽然和林渊道："我觉得人世间的因果真奇特。"

林渊揽了小姑娘在怀，一手梳理她柔顺的长发，一手撑着额头，问："怎么说？"

"你看，你被我救过，所以会来招惹我；而我因为和你有牵扯，后面才会奋不顾身回到过去救你。我碎了你的魂核，你也救了我的父君，正因父君复活，我才有法子为你塑新魂。不然帝君这样奸诈，定会跟着你的神魂永生永世，即便我复活了你，没有父君指点，也无法再生新魂。所有好因都种下了好果，天道真是玄妙。"

"是，天道确实难参悟，也确实玄妙。"林渊拥上方锦，"只盼天道再慈悲一些，往后你我的路再简单些。"

"会的。"方锦眨眨眼睛,"我今晚就做预知梦,梦到你昏睡后,没两天就塑成了新魂,然后我们再也不分开了。"

"嗯,那就全指望你了。"林渊揉乱她的发,"睡吧。"

"好。"方锦老老实实闭上眼,她能听到林渊平稳的呼吸一起一伏,伏在他的胸口听了好一阵,确认他一切安好,她这才安心睡下。

林渊知她所有小动作,心酸极了。

他怜爱地吻了吻她的脸,抱着小姑娘睡去。

这一觉睡得很好,方锦一睁眼就看到心上人沉睡的容颜。

她小心翼翼地趴在林渊的胸口,数他纤长的眼睫。真是不可思议,她最初还把他当成宿敌,如今他却成了她最亲密的人。

"看够了吗?"林渊笑着睁开眼,抓住了正在干坏事的小姑娘。

方锦发窘,脸上微红,喃喃:"你早醒了啊?"

"嗯,看你要闹到什么时候。"

"你竟敢耍我!"方锦有点恼怒,转而又"嘿嘿"笑起来。林渊还能开玩笑,是不是代表他今天精神很好?即便方锦知道,他就算消失也会回来,可她还是想多看看活生生的林渊,再让他陪她一会儿。

林渊看她又气又笑,有点搞不懂姑娘家了。

算了,总归也不必懂,夫妻间留点神秘感不挺好的吗?

林渊本想说,要不要趁此机会登门求亲,但他又怕万一他死后没能塑出新魂,反倒神魂拖累了方锦,那不大好。而且他孑然一身,暂时也拿不出什么像样的聘礼,总要再攒一攒家私,好让方锦面上有光。

不过，现在这样也很好，他们已经是结了契的仙侣，也有夫妻之实，大婚反倒是走个流程与形式。

不急于一时，他能日日看着方锦就很好。

方锦尽量不让自己去想林渊的事，一时闲下来，她就想和林渊出门逛逛，希望能留下很多快乐的记忆。她提议去昆仑山看雪景，昆仑山终年覆雪，瑞气缭绕，不少珍禽栖息此处，每逢神界有大型的盛会，神子们就会来这里猎仙鹤，套上珠花绳套，当成轿辇的坐骑。

方锦不同，她来此地，是为了烤鸟禽的。

只是珍兽们行动太快，她腾云都追不上，还是林渊拉弓射下了一只白鹤，用以投喂方锦。

方锦没想到林渊还有这箭术，顿时瞠目结舌。

她的情郎好厉害，怎么什么都会呀！

林渊迎上方锦满是爱慕的眸光，有些不好意思。他无意卖弄，只是看她抓鸟很吃力。

林渊咳嗽一声，岔开话题："你是鸟兽，缘何这般爱吃鸟禽？不算同族吗？"

他仔细回想一下，方锦在洞府吃过的烧鸡，少说也有上百只了，她不腻吗？

方锦义正词严道："这是个弱肉强食的世界，我在教会它们人生哲理，往后不要轻信他人了，免得命丧我口。"

林渊想，这些鸟禽倒也不是在劫难逃的命运，只要逮鸟魔头方锦能高抬贵手，它们应当也不至于被吃。

算了，计较这么多做什么呢？林渊是个很迁就爱妻的人，不再细想太多。

林渊问方锦想怎么吃肉，近日她劳累，加点枸杞煲汤也蛮好。然而方锦平日里随和，在吃的方面倒很固执。

　　她坚持要烤来吃："只有架在火上烤着吃，才能锁住油水，激发出鸟肉的焦香。"

　　听得这话，林渊不免想，是否因为他当初带方锦下界，第一餐就带她吃的烧鸡，故而这种吃法深入人心，让她记到现在。

　　不过方锦要吃，他也拦她不得，只能日后再多烹几道肉菜，教她多尝尝别的菜式了。

　　方锦吃了一顿仙家白鹤，吃完了还遗憾地道："虽说是珍馐，但及不上人间的草鸡。想来仙鹤是大家闺秀款，太端着了，我还是爱小家碧玉的农家女，比较平易近人一点。"

　　林渊语塞，心道：那你有没有想过，这鸟禽根本不想让你吃呢？

　　为了夫妻关系和睦，他还是不反驳她了。

　　方锦吃饱了，又枕到林渊膝上，和他一起观簌簌落下的霜雪。眼前是沟壑连脊的茫茫雪山，万物在山间都显得格外渺小。

　　她耳畔俱是雪落的"沙沙"声，有林渊护着，身上也不冷。方锦打着瞌睡，不多时就睡着了。

　　林渊看着怀里可人的小妻子，被她红扑扑的面颊诱着，终是忍不住落下了一个吻。

　　要是她能一直这样睡在他怀里该多好，无忧无虑。

　　再醒来时，方锦已经到家了。

　　她看了一眼身上披着的男子外衫，环顾四周无人，心里一阵阵发虚。

方锦慌张极了，鞋都忘记穿，一下子跑出宫殿。她怕林渊死了，死在她睡着的时候，她来不及看他最后一眼。

好在厨房里亮着火光，是林渊亲自在做饭。

林渊倒是可以运用仙术生火，只是他们亲自动手做饭习惯了，总觉得仙术燃起的火太清净，没有那股子柴火味，煮出的饭菜不好吃。

方锦走进厨房，一颗心在见到林渊的当口才落回胸腔里。

她朝他甜甜笑起："我以为你不见了。"

瞧着是笑语，但方锦紧攥的掌心还是暴露了她的紧张。

她在发抖，她在害怕。

林渊帮她擦一头的汗，后知后觉回过神来，他对她许诺："如果我有事，一定会叫醒你，不会一个人死去的。毕竟，我也想听你说说话，想同你最后亲近一回。"

方锦其实已经尽力在忘记这些伤心的事了，只是她再怎么装也装不出泰然处之的模样。

她觉得自己好奇怪，凡人有命数，仅仅百年寿命，她不觉得有什么，可一旦时间缩短成几天或一个月，她就开始满心惶恐了。

应该好好珍惜眼前仅剩的时光不对吗？可是，在她已知林渊时日无多后，总做不到冷静。

方锦抱住林渊的腰身，期期艾艾地和他道歉："对不起，我本想着最后一段时间好好过的。"但是她总一惊一乍，连带着林渊都紧张了。

林渊心疼她，低头啄吻她的乌发："锦锦信我吗？"

"嗯？"方锦抬眸。

"只要我有一丝气泽在,我就会费尽全力聚魂,回到你身边。所以你不要害怕,等着我。"

如果是以往的那个林渊,保不准这时候已经在叮嘱方锦后事,并且嘱咐方锦,若他聚不了魂该当如何生活了。但林渊知道,那看似为方锦着想,其实只是他害怕罢了。因为畏惧不能回到方锦身边,所以罔顾她的爱慕心绪,自私地抛下她。

林渊不能再伤害方锦了。

他给她希望,也对自己狠心。无论要吃怎样的苦,无论要受多大的劫难,他都会再次找到方锦。

方锦后来才知,原来她不必担心林渊会忽然消失。

他的凋亡很明显,从他体力衰弱开始,方锦就察觉到了。

她囤了很多现成的食物,也开始不出门了,一整日就在榻上陪着林渊,喂他吃东西,喂他喝水。

尽管她知道,这一切悉心照顾都是徒劳,他会慢慢消失的。

更何况,林渊根本不必吃喝。

可是,方锦除此之外做不了其他。

唯有寻点事情做,她才能好受一点,才会觉得自己为林渊出了一份力。

林渊看着方锦眉眼里的焦急之色,也不忍再说什么真相,只能任由她照顾起居,身子骨好一点的时候,就强撑起一口气陪她说说话。

方锦懒洋洋地靠到林渊的怀里。

她给他盖了那么多层被子,为什么他的手臂还是这样冷?

方锦抱住林渊日渐消瘦的身体,把脸埋到他怀里,深深嗅着。她想记住林渊的味道,想往后没有他的每个日日夜夜,都能幻化出他的气泽，伴她入眠。

那么多凄清的夜，她该如何熬呢？

为什么偏偏这样对她？

"我早就知道阿渊会死，可是为什么我还是这样害怕呢？"她打着寒战，忍住哽咽，问他。

她终于明白自己以前为什么总装傻充愣了，这样一来，就不用面对残酷的现实。

难得糊涂，活着最难的，便是装糊涂。

林渊回拥着她，一点点回应她："因为锦锦很爱我，我也很爱锦锦。不要害怕，我一定会回来的。"

"嗯。"

"不要害怕……"他温柔地抚摸她的眉心与脸颊，一声声哄她。

"好。"

方锦紧紧抱住林渊，却在此时，她感受到，怀里的男人正在消亡。他变成了光，也有了温度，身体却越来越小。她越想抓他，却越抓不到。

这种感觉好无力，好似方锦最紧要的事物正在脱离她的掌控。

不要、不要。

她好想永远困住林渊，好想他永远留在自己身边。

"求求你，一定要回来。"

方锦本来想高高兴兴送林渊走，可是一眨眼，眼泪还是大颗大颗落下来，全无美态可言。

最后的时刻了，还让林渊看到她狼狈无措的模样，好丢脸啊。

最终，方锦鼓起勇气，抬起头。

她看到林渊的身躯一点点碎裂，他仍笑着，眉眼缱绻，望着爱人。

林渊化成风，化成星光，远离了她。

方锦再低头一看，被褥之上，仅仅剩下一枚种子。

她小心捧起来，她能感受到种子里的气泽。这是林渊的花，她要好好种在灵府之中，好好养育它。

方锦把种子埋在灵府的结心之门，这里储藏的都是她和林渊的回忆。她知道，这样有助于林渊生出新魂。

她和林渊的仙侣契花还开得绚烂，也就是说，林渊的气泽还残存人间。

"要好好收集气泽，要早点开灵智。我很想你，阿渊。"方锦对着被灵土掩埋的种子，小声叮嘱。

往后的每一日，她皆如此嘱咐。

03

林渊已经死了一千年了。

这一千年，方锦没让自己闲下来一刻。

一旦无事可做，她就会感到痛苦，她会思念林渊，会害怕每一个没有他的夜晚。

方锦尝试过酗酒，可有一日，她在荷塘边看到自己蓬头垢面的模样，幡然醒悟——要是被阿渊看到，他一定很难过。

既然决定等他，那就漂漂亮亮等他。

待郎君回来，方锦还能抢着小粉拳，奋力捶一下男人的胸口，嗔怪他："来得真晚！再迟一点，我前夫都一打了，孩子都三胎了！"

方锦为了消磨时间，去做了一些以往不会做的事。

她下河里摸鱼，爬树上掏鸟蛋。孩子气的事、大人的事，她都尝试过。

每一天都过得很充实，每一天都安排得很满。唯有这样，她才不会想起林渊，才能好好活下去。

最初，她每天会想好多次林渊，再后来，变成了一天想念一次。

许是时间长了，方锦渐渐放下了林渊。

不过就连她自己都不知道，这是真的放下了还是假的放下。也可能是她不想让父母亲担心，也不想让林渊担心。

她独自一人下人界吃喝，明明美味的冷淘面，却没有从前那样惹她垂涎。

方锦细想了一会儿，猜是从前有林渊陪着她吃，如今是她孤苦无依一个人。

无论做什么事都需要看客的，吃食也不例外。

她意兴阑珊地回到了灵府中，小心摸了摸土堆。

还没发芽吗？林渊要她等多久呀？

看来林渊也未必是很有能力的神君，所以孕育新魂要很长一段时间。

方锦从最开始的时刻守护到后来的每三日去探望林渊一遍，不过她每次过来，都会带很多新鲜好玩的东西来给林渊看，她不希望他远离她的生活。

方锦要和林渊聊聊天了。

于是,她一面嗑瓜子,一面道:"前两天说的凌海神君成婚的事情,你还记得吗?娶的是妖界血族公主,两家人都相看过,彼此蛮对得上眼的,不过就在大婚那天出了事!欲知后事如何,你开片叶子来,我就告诉你。"

方锦作势要走,挠了挠头,又坐回去:"好吧,万一你在听,被我这胃口吊着,萎靡不振不肯开花就不好了。我继续说啊,大婚洞房那天,凌海神君发现他娶来的公主竟是个男的。呃,据说是血族对于性别很模糊,他们繁衍后代是通过吸血转化,故而不必在意男女。但也巧得很,凌海神君是个女君!她当年为了继承家业,避免族中旁支过继神子,就自个儿扮作了男神,当了宗族尊长。她本来想的是,娶个年轻漂亮的小姑娘,待日后根基稳健了,再放人回家,这般也能堵住族中长老的嘴。岂料她这次把自己都搭进去了,也是可怜可叹。不过我听说,这位血族……呃,王子待她还挺好,两人婚后能处到一块儿,假戏真做,也算不上怨侣了。

"我听到这事儿,心里想的是,阿渊你穿女装是什么样?你这样俊秀,保不准比小姑娘还娇!嘿嘿,想看。

"哦,除了这一桩事,还有另一桩趣闻。西海的敖东你知道吧?就是西海龙王最小的那个郎君。前些日子他看上了人界的一名公主,说什么也要得到对方,于是把人劫了回来,关在龙宫里不放人。这事儿闹得太大了,人界的皇帝直接断了给西海龙王供奉的香火,还毁了神庙。西海龙王咽不下这口气,故意不幻化云雨,意图用旱灾毁掉王朝。最终还是父亲出面,罚了敖东和西海龙王,命他们放公主回人界。"

"结果，你猜怎么着？"方锦笑得花枝乱颤，"那公主竟真的和敖东有了私情，人家是心甘情愿住在龙宫里的，本是宿敌的两家人如今因为儿女成了亲家。那办婚事的场面，不要太好笑了！不过目前两家的关系还略有点僵，主要是在争论究竟办神族婚礼还是人族皇婚。啧啧，真是费事儿。

"嗳，我说了那么多情情爱爱的娶嫁之事，你究竟有没有听懂我的潜台词啊？

"阿渊，你什么时候能回来娶我啊？"她低头，又推了推盆里的土，"你怎么还没发芽啊！不会真让我等万年吧？你再加把劲好不好？唉，算了，我还能怎么办？宠着呗！"

方锦想，她等待千年万年都好。

她怕的是，一切都是镜花水月的幻梦，林渊其实并不会复生。

方锦又说了好多好多话，看着那盆土发了很久的呆，才站起身怅然离开。

她不知的是，在她转身时，土里的种子，终于颤了颤，裂开一道细小的缝隙。

林渊死了这么久，原本不敢对方锦动心思的独身神君们又开始搞幺蛾子了。

他们早听到内幕了，说是林渊魂飞魄散，如今只留有气泽。要想凝聚那么多气泽再幻化出新魂，古往今来没有成功过的先例。他们想，应当是老凤君不欲让女儿伤心，这才拿话来哄骗她。

独身神君们不敢当着方锦的面无礼，他们只是穿得特别轻薄，总在她面前无意识露出那一块块腹肌，搔首弄姿。

看着挺油腻。

方锦想，论身材，他们还真没林渊好。

凭这就想勾引她？她是那样好引诱的女人吗？

随后，方锦道："既要对我下手，那就再加把劲啊，你们就这点能耐吗？这才几块腹肌啊，好歹也要修炼出八块吧？"

神君们瞥了一下自己的小腹，内心汹涌：原来方锦不是为林渊守贞操，而是觉得天上的神子们都是俗物，入不得她的眼。

一时间，独身神君们全怒了，掀起一波健身热潮。

老神们捧着枸杞养生茶路过，看到一具具油光发亮的男子肉体，感慨："年轻真好啊，真有活力。"

这点小把戏当然是吸引不到方锦，她只是找个借口赶人罢了。

可她的母亲鲛离不这样认为啊！年轻的神君们坦诚相见，集体锻炼，多好啊！

只是她夫君盯得太紧，每每夜里她翻个身，老凤君都要问一番缘故，遑论出门"见见世面"。

鲛离无奈之下，只得拉来女儿方锦做助攻，同夫君笑道："阿锦等了林渊这么多年，这颗心始终没容下其他人。若是林渊没醒，咱们女儿孤苦无依一个人，多可怜呢？唉，可怜我一番慈母心肠，夫君能不能懂？"

她小心拿出一方帕子，擦拭眼角，偷看老凤君。

岂料老凤君仍是气定神闲地喝茶，半点没被爱妻打动。良久，他似笑非笑地问了句："既如此，便由为父陪阿锦去看看那些独身郎君操练吧，毕竟择婿一事，男子最懂男子，不是吗？"

他话都这样说了，鲛离只能讪讪一笑。

老凤君话锋一转："哦，又或者是娇娇起了异心，想代女择婿？"

他这话一语双关，既有择夫婿之意，又有择女婿之意，端看鲛离心里是怎么想的了。

鲛离做贼心虚，握了握方锦的手，两眼含泪："闺女，今儿，为娘怕是陪不了你了。你好好玩，切记，那起子身材不好的郎君，不能要。"

方锦迷迷糊糊地应下来，见父亲的眼神已然冷冽，她不敢多留，赶忙离开。

天凤宫内，老凤君已然笑着踱来，捏了捏娇妻下颌，低声问："怎么，夫人是嫌为夫身子骨不行吗？"

鲛离一想到这些时日的辛酸，忙抖若筛糠："夫、夫君很行！怎会不行！"

她急于认错的模样，逗得老凤君笑出声。

他无奈地抱住了她，长长地笑叹："夫人啊……"

"嗯？"鲛离被他这一记温柔攻势打得摸不着北，好半晌才答出一句，"怎么了？"

"你应当是爱重我的？"

鲛离一愣，她一贯以为老凤君自信得很，深谙自己的魅力之大，不然也不会放纵她玩些小打小闹的花招。霎时听他略带落寞地说起这句，她隐隐心疼。

鲛离转过身，主动拥上老凤君，她倾听他的心跳声，小声问："夫君为何会问这个？我自然是爱你的，不然我又为何要回到九重天上来？你该知道，我很怕这里。"

老凤君想起，天上的神子们当年对妖族多有鄙夷，而他顾念凤凰神族的地位，无法舍下家臣们与她厮守人间。是鲛离一直在默默忍受这些风言风语与委屈，有他在还好，若无他在，鲛离受气的时刻何止一星半点儿。

后来，她连天凤宫都不敢踏出，生怕遇上眼高于顶的神君神女们。

鲛离好似住在一个偌大的富贵牢狱里，还是老凤君以爱为名构建的。

"你后悔吗？"老凤君心生愧怍，小声问。

"后悔什么？"鲛离被男子美色诱惑，脑袋有点发昏。

"嫁给我一事。"

"从前是有些，每每白日你不在府上，我就后悔，但晚间看到你，我又觉得一切都很值得。"鲛离捧着夫君的脸，献上一吻，"若我后悔了，再次复生以后，我便不会认下阿锦，不会回到天界了。原本我想，你已经死了，我在这世上没有留恋的人了。可是当我看到阿锦，看到那个肖似你眉眼的女儿，我才明白，我一直都是思念你的。夫君，如今这样多好，天界不再有人敢给我脸色看，你和阿锦都在我身边，再圆满不过了。"

鲛离回到天界后，老凤君很不安，他一直在想，他"囚"了她一世，还要再困住她第二次吗？她会不会恨自己？可他占有欲作祟，实难忍受鲛离不是他的人，她恨他也好，怪他也罢，只要能再次得到她便好。

幸好，她并不委屈，是心甘情愿留在他身边的。

真好。

老凤君轻轻笑了声，吻上怀里爱妻的唇，锁住她腰肢。

在倒入被浪间，他勾人地道了句："娇娇这般爱重男人身段,那为夫便让你看个够如何?"

鲛离咬了下唇,面红耳赤,不好反驳。

老凤君和鲛离感情好的证明,便是鲛离有喜了。

老凤君珍之爱之,半点都不敢慢待。就连方锦都鲜去母亲的宫中叙话,生怕她聊起那些独身郎君太振奋,动了胎气。

没地方可玩,方锦顿时蔫了。

好在小童来找她了。

小童如今修炼大成,被佛陀领了去,看样子要成佛家弟子。

往后要修行的课业多,他不能再来多找方锦。佛命他离门一次,去了却一些尘缘。

小童想了半天,才想起自己唯一挂念的人,应当是方锦。他是方锦孵化的,故而将她视为母亲一般。

方锦无聊了很久,也很高兴能再次见到小童。

他已经长成了少年人的样子,一头青丝剃了个干净,入佛门后,头顶还点了戒疤,骨相清雅。

方锦拿鞭柄敲了一下小童的头,小童微微一笑,小小年纪,笑容里却带着普济众生的慈爱与怜悯,佛光万丈,看得方锦很不适。

方锦叹了一口气:"早知道当初就不让你跟着菩萨了,好好的俗鸟,现在变得半点人情味儿都无。"

小童问:"您觉得我这样不好吗?"

"那倒也没有,"方锦摸了摸下颌,"就是有点……神圣不可侵犯,你懂吧?"

"您想侵犯我?"小童仍是慈爱一笑。

"……我觉得你一点佛相都没有，反倒是想唆使我作乱。"方锦摸了摸小童铿光瓦亮的脑袋，"小童啊，你们佛家人是不是都没烦恼？"

小童点点头，又摇摇头。

"你点头又摇头是什么意思？"

"这点我没有参透，若是我参透了，佛也不会让我出门来寻您。"小童道，"我是您孵化出世的，对您一直很挂念，这点俗根我不想割舍。"

闻言，方锦很是感动，她抱了小童一下，好像母亲对孩子那样关爱。

"呜呜呜，我家小童真懂事。"

小童被她闹得很蒙，羞怯地笑了下，说："我觉得，神佛既要爱世人，那便要知'何为爱'。若视爱为大空大无，面世时也不会起怜悯之心了。所以，我感激所有对我施恩过的人，也愿意永世记得这一份恩情，即便往后再无交集。"

方锦疑惑地问："你是要去什么地方吗？"

小童点头："我已经和佛祖说好了，我要下界体验生老病死，以人身再度修炼成佛，勘破爱恨嗔痴。"

"唉，你怎么和他一样，每次来找我，都是道别啊？"方锦又抱了他一下，"即便你不记得我，我也会记得你。小童啊，一切保重。"

"是，您也是，请好好保重。"小童似是想开导她一般，"只要拥有过就很好了，岁月有尽头。"

方锦细细辨析了一番这话，觉得小孩说得挺有道理。

林渊爱过她，她也爱过林渊，这些过去都不是假的，这样便很好了。

小童下凡时,方锦来送他。

虽说他这回历劫是自请吃苦的,方锦还是悄悄给他捏了一道护身诀。有了这道诀相护,至少他往后的灾厄能少一些。

诚如小童所说,任何情爱纠葛都可以牢记于心。别怪她阻碍他的道,她对他的仁慈,就当是成全她自己的慈母之心吧。

小童走了,方锦的日子更加无聊了。

她又入灵府看了一眼林渊的种子,土上空空如也,还是没有发芽。

一千年了呀,还要等多久呢?

她真的做不到,把所有事当成一段记忆,能月下饮酒,笑谈风月。

她会被心疼死的。

方锦装了这么多年云淡风轻,终于在这一瞬间崩盘。

她泪如雨下,想要伸手刨开土,看看底下的种子,又怕一爪子下去,原本生出的根被她损了。

方锦的眼泪落在土里,陷入泥里,变成一个个漆黑的孔。

她记得林渊不喜欢她哭,每每她哭,他都会来哄她。

可是林渊呢?

"你究竟在哪里啊……你会不会回来啊?"

"你是不是……又骗了我。"

方锦感觉心脏仿佛被人揪住了,一下又一下被撕扯,痛彻心腑。

她原以为她能一直无所畏惧地等待下去,只要心存希望就好了。可是她害怕这无尽的岁月,害怕林渊再也不会回来,而她被蒙在鼓里。

他是故意给她希望,吊着她活下去吗?

"好残忍。

"阿渊,你真的不愧是妖王,折磨人的心计好高明。"

她不知道该祈求谁,也不知谁能来救她。她仿佛被囚在了这个世间,也不敢轻易了结自己的性命,她怕林渊回来时,找不到她。

"你好卑鄙。"居然用这种法子,续她的命。

方锦哭累了,只能懊丧地呢喃:"种子是不是真坏死了?开不了花了?"

如果是的话,林渊能不能回答她?

那她就不等了,再也不会盼着他回来了。

"你希望它不开花吗?"

"自然不希……"方锦的话一滞,她在自个儿的灵府忽然听见男声,顿时一脸错愕。谁能进她的灵府?还能有谁……

方锦惊喜地回头,只见林渊站在她身后,朝她微微一笑。

他回来了!

方锦又是哭又是笑,扑到男人怀里,紧紧抱住他。

"你回来了,这次你是热的。"她有好多好多想和林渊说的话,可她语无伦次,只能想到什么就絮絮叨叨说什么。

眼泪又糊了人一身,林渊哭笑不得。

本想帮小姑娘擦干眼泪,可一下手,他也忍不住抱住她。

林渊埋首于方锦颊侧,深深一嗅,满满都是她的气泽。方锦不知道,在每一次她同他说那些仙界异闻的时刻,他都很想抱她。

他努力凝聚魂魄，努力破土，终于有一日，撬开了种子壳。
他信守承诺，回来了。

林渊初初生出新魂，还需魂核作养才能复生。

左右已经养出魂魄，其他事就不难了。方锦欢喜地忙碌起来，她又有了干劲儿，不再恹恹的了。

霜凋夏绿，春去秋来。方锦无微不至地照顾林渊，就这般养了他的新魂两三年，林渊终是有了仙身，再次化形。不过这回，他没有妖骨助长修为，不大耐打。

也无所谓，方锦根本不在乎林渊厉不厉害，她只要他陪在身边。

夜里，方锦挤入林渊的怀里休憩。她上下摩挲他的肉身，指尖滑腻，感到一片滚烫，心生满足。终于不是一捧雪似的冷冽，如今的林渊，是活生生的人仙，真好。

她没有旁的意思，林渊却被小姑娘摸出了满腔火头。

他目光灼灼，凝望着方锦，嗓音也沙哑了，略带些性感："你可知，郎君欺负不得？"

"嗯？"方锦没回过神来，但见他一脸隐忍，终是明白了什么，白皙的脸蛋顿时一片酡红。

她支支吾吾几句："你、你身子骨刚好吧？"

"不妨碍的。"

不管林渊是骗她的还是说的真心话，总之，这一夜床榻"吱呀"作响，就没停下来过。

待醒来时，方锦咬牙切齿："虽说你如今已没了妖性，可忙活一大晚上，你还神采奕奕，可见'吸阴补阳'的妖邪怪癖是深入你骨子里的，等闲拔除不得。"

林渊被她呛了一嘴，抿出一丝笑来。

他又弓身凑上去，亲了亲姑娘家的唇。

"怎么，前些日子你还同我说，只要我发芽了，什么都做得。如今正是你履行承诺的时候，你倒翻脸不认人了？"

方锦后知后觉反应过来，惊奇地问："我同你说的事，你都听见了？"

"嗯，一千二百八十三年，你说的事，我都在听。"

林渊郑重其事答她的话，惹得方锦心里蜜浸似的甜。

"你一直在听！"

"是，我应过你的，往后再不会走了。"

原来，他一直在，原来他从未离开过。

方锦想，她觅得如意郎君，往后的日子，定会很顺遂了。

只是，方锦后来才知，失而复得也不是什么舒坦的事。

她总是夜半惊醒，然后顺手摸一摸身侧，能寻到林渊，她就能安稳睡去，要是没找到他，方锦会吓一跳，瞬间清醒过来。

那日，林渊夜半听到灵兽发情，嫌它们吵到爱妻，下地去逼灵兽们闭嘴。

一回屋里，他见方锦坐着，温声道："外头的动静吵到你了？"

方锦摇了摇头，望着地面散落的凄清月色，忽然问了句："阿渊，你还没重塑新魂时，都在做什么？"

林渊想了想当时的景象，笑道："在求神拜佛。"

"啊？"方锦愣了。

许是怕方锦赤足落地会冷，林渊上前，搂她入怀。

他体贴地帮她暖了手脚后,柔声说:"我记得我在一间屋里,面前有一个神龛。那时我没恢复记忆,记不大清楚自己是从哪里来的,一直在诵经磕头,祈求上苍庇佑我的神女。现在想来,应该只是一场梦吧。是我作为人时的梦,无所祈求,只能求天问地。毕竟在凡人眼里,神无所不能。"

林渊想了想,竟觉得有些嘲讽,一个屠神的妖王,竟有一天会为心上神女低头,祈求菩萨庇佑。

菩萨会同情他吗?或许会吧。佛陀毕竟慈悲,爱重世人。

方锦刚想说这个梦好笑,后知后觉地问了句:"你保佑的人,是我吗?"

林渊沉默好半晌,才道了句:"是你。"

方锦的心间犹如灌入了一壶蜜,甜得她发慌,心间浩浩荡荡地烧了起来,她整个人都似熟透了,鼻翼生汗,有点不好意思地拉高了薄被。

林渊还有一些话没有告诉她。

其实最开始,林渊不知心里想要庇佑的人是谁。但他似乎很依恋一个人的气息与样貌,他一心要想起来。

于是,他疯狂地自我折磨,逼迫自己复苏。

什么手段都使尽了,他不顾自己会不会有危险,一心只想记起从前的事。

在他第三百四十次强行焚烧血骨的时候,他终于刺激了灵府,开拓记忆领域,也从中幻化出了新的魂魄。

他回来了,回到心爱的妻子身边了,真好。

良久,方锦闷声道:"其实,在你没发芽的时候,我也求了很多人。"

"哦？"这样的事，林渊还是第一次听爱人说，心里颇有几分好奇，"你都求了谁？"

"观世音、如来佛，都去问啦！凡人不是说他们能实现愿望，无所不能吗？我虽不是他们的信徒，但好歹也是仙友，彼此人情来往一回，不过分吧？"方锦摸了摸鼻子，"只可惜，他们说自己能管人间六道，却不能管神之生死。"

总之就是一句话——业务太高级了，爱莫能助。

林渊笑出声："倒是难为你了，四下打探这些。"

"这有什么！如今你全须全尾地归来，有胳膊有腿，没有比这更好的事情了。"方锦转身，搂住林渊的腰，埋入他怀里，"阿渊，你再也不会走了，对吗？"

林渊看着怀里满眼落寞的小妻子，低头，情不自禁吻了一下她的额头："你无须害怕，我不会走了。"

"真的吗？"方锦仰头，又一次问，"真的吗？"

"真的。"

林渊很后悔，他做了那么多伤害方锦的事，才教她患得患失成这样。他收紧了手臂，圈住方锦。

方锦一点都不觉得难受，她被困于他的身前，满心都是安全感。

他许诺了，再也不会离开，她也再不会害怕了。

真好，他们再也不分离了，永生永世。

第七章
墙外行人，墙里佳人笑

林渊想娶方锦,老凤君自然不会阻拦,但既是帝君之女,排场也要过得去,除非林渊想一辈子得不到帝君的祝福。

方锦胳膊肘往外拐,生怕父君刁难未来女婿。

不过,还没等她说服老凤君,半道就被林渊劝下来了:"锦锦别担心,我既说要娶你,便会想方设法带聘礼登门求亲。"

"你别看父亲温文和煦,之前他乃是叱咤三界的杀神,糊弄不得的!"

"嗯?你是对你的夫婿没信心吗?"

"我没有……"方锦叹了一口气,"好吧,我只是看你现在乃人神,怕你有个闪失。"

她把他当宝贝,怕他磕着碰着,纵容得很。

林渊泛起满腔柔情来:"我既回来了,便会保全好自个儿。不止锦锦害怕分离,我也会畏惧的。"

"好,我信你。"

小两口又亲密抱作一团,看得一侧喝茶的老凤君很伤眼。

但好歹是德高望重的老神了，这点场面还是镇不住他的。

老凤君微微一笑："林渊小友好歹是我的救命恩人，我不会过多苛责你的。既如此，林渊小友就提一只上古麒龙来当聘礼吧。"

闻言，方锦呼吸一室："您说什么？那只能一口吞了圣佛又嫌不好吃吐出来的麒龙？"

"嗯？有什么问题吗？"老凤君又是一笑，"为父当年不用凶器，单手打三只都不在话下。这点小事，应当难不倒林渊小友吧？唉，毕竟凤凰神族嫁女，总要有点脸面，太磕碜的物件，怕是拿不出手吧？"

方锦原本想帮着求情，怎料林渊一口答应下来："好。"

方锦还想再劝，林渊捏了一个诀就飞身走了。

不过半日，林渊就扛着一只浑身遍布冰刺的巨龙回来了。麒龙体型巨大，抛在神殿中时，大地都震撼了一下。

郎君拍了拍手上的灰，道："不知岳父想要怎样的麒龙，便把为首的那一只带回来了。"

方锦手里的茶碗都要掉地上了："人界是有句古话说'擒贼先擒王'，但也没让你把人家整族端了吧！"

还说得这样轻而易举，你小子很狂哦！

见状，老凤君对血气方刚的小伙子倒是很满意。他难得露出一个真诚的笑，夸赞林渊："小友身手不错，有我当年的风范。"

方锦擦了擦汗，是她多虑了，两个凶神对上了，又有她什么事呢？

这一回总算是把婚事暂时定下来了。

不过，林渊绞杀了麒龙首领一事，很快在天界传开了。不少仙家嫁女，都要女婿效仿林渊那般屠龙，为自己添彩。

交不出聘礼，抬高了娶妻的门槛，也让天界的独身郎君们忧愁坏了。

他们记恨林渊，倒是想给他一个教训看看，但想到他们打不过这位人神，并且有小道消息说他乃杀害上一任帝君的妖王，大家伙儿的腿抖得更厉害了。

谁想和他对上啊，还是早些洗洗睡了吧。

经此一"内卷"，天界倒是起了尚武的风气，大家争相兜售名门法器，以法力高强者唯尊。甚至有神君忆起老凤君乃是数千年前的战神，忙邀一众小友登门讨论武学去了。

在老凤君的教导之下，大家的审美也发生了变化。

他们不再以儒雅小生的面目示人，而是憧憬上满身结实肌肉，郎君们也以晒得乌黑油亮为美。

鲛离看不成年轻神君们卖弄风情就罢了，看着一众麦色肌肤的独身郎君，吓得两眼一黑，再懒得出门观摩美色。她实在是个传统守旧的长辈，偏好儒雅文弱那一款的飘逸仙君。

对此，方锦有了新见解。

她猜这一切都是父亲的阴谋，唯有这般，母亲才不会出门"拈花惹草"。

细说起来，姜还是老的辣，老凤君手段实在高明啊。

方锦的婚期定在一个月后，为了忙活出嫁事宜，方锦一直留在天凤宫中待嫁，等闲不出门。

主要是出门也很烦，总有神女会来问她如何觅得林渊这样的如意郎君,她总不能误人子弟,说是从前一时做错事没能把持住把人睡回来的吧?那于名声多不好听呢!

另一边,林渊想到一个月见不到爱人,心情很烦闷,他只能每日以送礼为由,登门寻方锦,同她见面。

好在老凤君虽一应婚事按照章程走,却也不是迂腐之人,除了林渊不能在天凤宫里过夜,旁的事宜,他都睁一只眼闭一只眼放过,没有来叨扰这对小儿女。当然,也可能是鲛离陪伴左右,老凤君压根儿不想管女儿的情事。

方锦见到林渊,很是欢喜。

她亲亲热热地拉上林渊的手:"阿渊,你快来!我近日又学了一道新菜。"

"又学了吗?"彼时的方锦完全不知林渊的笑容有些许勉强。

待她怎样都扯不动林渊,这才回头,小声询问:"阿渊,怎么了?"

林渊深吸一口气,还是道:"上回你让我带回去慢用的菜,我分给了隔壁洞府的桃树仙人共食。"

"然后呢?"方锦十分期待旁人的夸奖,此时眼睛亮晶晶的,等候下文。

林渊忽然觉得自己有点残忍,只是再这样下去,大家都没好日子过。于是,他下定决心,开口:"仙人为了解毒,自废了五百年修为。"

"啊,居然中毒了吗?阿渊,你还好吧?"

"我尚且可以应付,只放了点血散毒。"林渊艰涩地答话。

方锦明白了,她总不好在婚前把夫婿毒死了。于是,她干巴巴一笑："一回生，二回熟，这次肯定不会……"

"锦锦。"

"嗯？"

"我不是那等迂腐的郎君，我认为男人婚后就该洗手作羹汤。"他扣住方锦的双手，郑重其事地道，"答应我，给我一个伺候你的机会，好吗？"

他居然这么想给她当牛做马吗？方锦很感动，泪眼汪汪："好。"

谁爱做饭谁做吧，反正她家不缺厨子。

就这般，林渊以情爱妙计，保下了自己的命。

方锦出嫁那日，十里红妆，飞花漫天。

她本想哭一哭表示不舍，但一想到能嫁给林渊，面上的笑止都止不住，搞得鲛离很没面子。她只得快速擦干眼角的眼泪，免得让外人看笑话。

她舍不得闺女出嫁，哪知闺女这般恨嫁！

好在老凤君不觉得有什么，闺女有个好归宿总是一件令人开心的事，而且忍了一个月，总算把方锦送走了，他夜里又能和爱妻赏花赏月，真心快活。

婚宴嘛，本来该将新郎官灌醉，才好彰显娘家人的厉害。

但大家知晓林渊不是一个好惹的人，一杯酒端着端着便纷纷手抖了起来，最终，那酒还是客人仰头自个儿喝了，没再谈敬酒的事儿。

是以，林渊回婚房的时候，身上竟一点酒气都无。

方锦很诧异，惊奇地说："他们竟没有灌阿渊酒吗？"

林渊含糊地说:"哦,许是改了性子,都不爱喝酒了。"

"是这样吗?"

虽说有点奇怪,但方锦也没再多说什么。

她那一层层繁复的婚服被林渊褪下,人都轻松了不少。

方锦热情地搂住林渊,朝他笑得温婉:"阿渊,往后我们就是夫妻了。"

"嗯。"林渊低头,嘴角也漾出一个温柔的弧度,"你是我的妻了。"

"夫君。"

"我在。"林渊很欢喜她的改口,情不自禁低头,落下一个吻。

方锦也迎上去,回敬了他一个吻。她紧紧抱住林渊,感受他的臂力与怀抱。

方锦今日真切感受到林渊的存在了,他是活的人,他是她的人了。她不必患得患失,也不怕他忽然离开,他们命脉相连,往后没有波折了。

方锦不知为何,忽然一阵鼻酸。

真是好好笑,为什么伤心哭,高兴也哭?

她埋首于他的怀中,婚服很快湿了一片。

林渊觉察到了,他搂她入怀,一下又一下抚摸她的脊背,哄她收住声。

林渊想,或许他应当纵容方锦大哭一场,小姑娘总是没心没肺的欢喜模样,受尽了委屈也只会笑着说"没事",但他……

"再哭下去,我会心疼。"林渊说了句实话。

方锦哽咽着发笑,她噘起嘴,说:"夫君,你好像从来没有说过'爱我'。"

　　这样一想，她真的好吃亏。半推半就在一起了，他们没有过山盟海誓，也没有甜言蜜语，连个正经的许诺都没有，就这么彼此互通心意，相处于一块儿了。

　　她要一句承诺，要林渊补偿她。

　　林渊怎会让她因这些事伤神呢？小姑娘总这样懂事，讨要的东西她也很轻易就给予，她从来不和他提任性的要求。

　　林渊叹了一口气，握住方锦的手指，抵在他的心口。

　　他说："我爱你，锦锦。此身赠你，连同我的命都可以给你。"

　　他郑重其事地开口，没有虚情假意。

　　其实这些话不说，方锦也懂。她只是想听，想让林渊亲口许诺情誓。

　　"我也爱你，阿渊。"

　　方锦依偎入林渊的怀中，这一次，她是真真正正放下心了。

　　她的阿渊，再也不走了。

饲渊

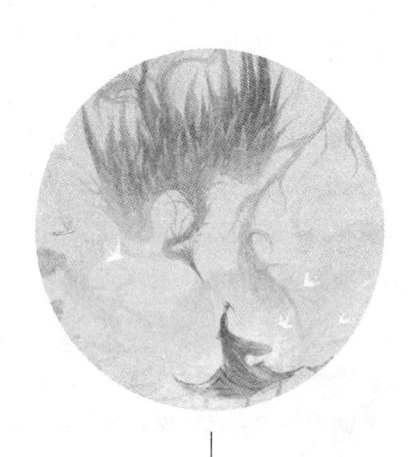

番外一
燕子飞时,绿水人家绕

（一）仙侣日常

01

　　林渊重塑仙身是一桩好事，方锦特地告知老凤君，企图办一场家宴庆贺。

　　鲛离给方锦生了一对弟弟妹妹，小郎君如今已经是个五岁小孩的样貌了，格外端稳持重，见到林渊也知对揣着袖管，恭恭敬敬地喊："吾乃方尺，见过姐夫。"

　　妹妹没有兄长那般胆大，她怯怯地揪着方锦的衣袖，小声问："阿姐，他是你的夫婿吗？"

　　方锦很喜欢小妹妹方榴，抱起小姑娘亲了一口："对，小石榴乖，喊'姐夫'。"

　　方榴腼腆一笑，嘟囔了句："姐夫好。"

　　林渊给两位素未谋面的小家人送了见面礼，老凤君见到女婿归来，心情也不错，他给后辈斟了一杯仙酿，笑道："小友回来的时机恰好，若再晚么十年八载，或许阿锦连下一任夫婿都定下了。"

此言一出，方锦惊悚地看了父亲一眼。

这是干吗呢？

林渊也不着痕迹地瞥了方锦一眼，冷笑："是吗？"

老凤君仍温文一笑："哈哈，不过开个玩笑。阿锦用情极专，她是没有这个心思的，不过防不住天界里那些蠢蠢欲动的独身神君。也是有意思呢！想当本君的女婿，不到本君面前现眼，倒偷摸拉拢起本君的家眷，展现男子魅力给娇娇与阿锦看。唉，年轻人的花样真多啊。"

老气横秋的一番话，傻子都听得出来，老凤君是在上眼药。

鲛离也惊悚地看了夫君一眼，顺道略带歉意地朝方锦一笑，喃喃："家贼难防，家贼难防……"

她对不起女儿！女婿刚回来呢，就要受此大气！

老凤君原来竟是这样会粉饰太平的神君，一口气忍了数百年，待林渊复苏了，慢慢开始报仇了。

方锦擦了擦冷汗："阿渊，你听我解释……"

林渊笑了笑："不必解释。我离开这么久，你耐不住寂寞乃人之常情，也幸好，我归来的节点恰当，不至于让旁人撬了我的墙脚。"

方锦急得抓耳挠腮，一顿饭囫囵吃了两口就归家哄夫婿去了。

而闹完一场家庭纠纷的老凤君，心情很好。

他朝鲛离招招手，温声道："多大的年纪了，还掺和到小辈的情事之中。你看看，你吵着嚷着要瞧独身神君们健身一事，给女儿招来这么多是非了吧？下不为例哦。"

鲛离望着一本正经说出这句话的夫君，内心对方锦道歉三百回：对不起，我的女儿！有这样恶毒的爹，是母亲当年识人不清的过错！

方锦原以为林渊今生这具身体也就那样了，哪知他是一个好学不倦的男神。

不过几十年，他便练得一身好剑术，连仙术也大成。林渊变厉害后的第一件事，就是把所有趁他昏睡时兜搭过方锦的神君都暴揍了一顿。

方锦挨个儿数过鼻青脸肿的神君们，惊讶地笑道："哇，阿渊好厉害，真是一个不差。"

林渊冷淡地擦拭长剑上的血迹，道："嗯，你当年和我念过的名字，我都铭记于心。"

方锦后知后觉反应过来，他把这些人名都登记入册了，或许私下里还藏着一本死亡笔记。

02

方锦近日里总困倦，脾胃还差，时不时恶心干呕。

此举把林渊吓了一跳，当她是怀上了，各种宠着纵着。莫说放方锦出门了，便是落地，都要他亲自抱去，生怕她赤足出入，沾了那么一星半点儿的寒气。

不明真相的方锦被林渊娇惯，很是享受。不过她偶尔也想要一点私人的时间，譬如看点杂书野史什么的，最主要是想追

《我与霸道神君的不解之缘》这个话本子。

方锦绞尽脑汁想抽身之法，终于在一日夜里，她忸怩地同林渊道："夫君，其实我近日身子骨有些不适，想一个人睡。"

林渊知道鸟兽护胎的秉性，当她是想保住腹中孩子。

难得她还喊他"夫君"来讨好，原本冷峻着的一张脸立马变得柔情似水。

林渊摸了摸方锦的头："无碍的，我留在你边上，必不会伤到你。有我随侍，你夜里口渴，我递水也方便。"

话说到这份上了，林渊还是一心要黏着她，教方锦心里很是感动。

她也不想瞒着林渊了，悄悄下地，挖出一堆话本子，同林渊道："夫君，实话说吧，其实我晚上只是想看点话本子。我这个人比较腼腆，有你在，我不大好意思。"

林渊看着那一本本文风放荡的话本子，呼吸一室。

他寒着脸，问："你夜里想一个人睡，就为了看这些？而不是因护胎之故？"

"什、什么护胎？"

"你前些日子脾胃不适是怎么一回事？"

"啊，我尝了一个母亲从人间捎来的黑蒜，那味道实在令人恶心，我没忍住。"

"就这？"

"不然呢？"方锦哆哆嗦嗦回过神来，"你、你不会是以为我怀孩子了吧？"

"没有。"林渊耳根潮红，在撒谎。

还没等方锦"嘿嘿"两声笑调侃，她就被林渊拦腰抱起。

"啾"的一声火苗窜起，地上的霸道神君小说付之一炬。

"我的书——"

方锦号得撕心裂肺，岂料林渊只是冷冷一笑，掐住了小娇妻的腰身，蛊惑道："话本子有什么好看的？真喜欢的话，为夫给你在现世里演示一番何为'霸道神君'？"

就这般，某郎君身体力行地为爱妻诠释了"霸道男主"的真谛。

这夜之后，方锦决定，往后再也不要让林渊发现她的独特小癖好了！

03

方锦和林渊成婚已有数千年，在天界待着实在无聊，她便想下人界玩耍一回。

只是有点不凑巧，她捏诀没站稳，踩了一块瓜皮，直接滑入六道轮回中，以仙身投了胎。

而正在天凤宫同岳父寒暄家事的林渊早听说自家媳妇儿贪玩，溜入地府的事，原想着没闹出大事就随她去。

怎料，方锦不仅闹了，还把自己搭进去了。

林渊："什么？锦锦投胎了？"

"是、是的，上神。"仙使瑟瑟发抖，在帝君和林渊面前，吓得大气都不敢喘。

老凤君无奈地笑了笑："阿锦十分调皮。"

他全然不上心的样子，仿佛这一切只是个玩笑。

唯独林渊忧心忡忡，同岳丈拜别："下次再陪您下棋，晚辈先去看顾一回锦锦。"

"去吧。"老凤君摇了摇头,"年轻人啊,总是这样不端稳。"

林渊本以为方锦应当还是个孩子的模样,但他忘记天上一个时辰,人间一年,待他抵达人界时,方锦已过及笄,正要和她青梅竹马的小郎君成亲。

望着入目的红绸婚堂,林渊微微一笑,戾气渐生:"很好,给我玩出一个前夫是吗?"

林渊不顾众人诧异的眸光,径直上前,拉住了身着婚服的方锦,转身带她离去。

方锦的礼部尚书夫婿忙追上来阻拦,怎料林渊煞气很重,只扬了一下衣袖便建起一层屏障,困住了这群凡人。

林渊抱起方锦,腾云驾雾而去。

风吹走她的盖头,露出一双春水潋滟的杏眼。

方锦惊呼一声,不敢乱动弹。

良久,她很有礼地问了句:"呃,您好,我算是被仙家强取豪夺了吗?"

林渊冷笑:"怎么?你还要对我拳打脚踢再去寻你那凡人夫君?"

这语气,听起来不大善良,方锦识相地闭了嘴。

她这样乖顺,林渊又觉得不大对劲了。

他挑眉:"你没什么想说的?"

方锦眨眨眼:"我该说什么?"

"你不想念你夫君?"这话问出来,真是一股子酸味泛滥。

方锦摆摆手:"嗐,盲婚哑嫁,我都不认识他。"

"……嗯。"还好，没他想的那么遭难。

"你不好奇我是谁？"林渊问。

方锦皱了一下眉头："作为人质呢，最要紧的就是识趣。好死不如赖活着，我不会在意您是谁。就是……今晚的饭管够不？您是仙家，可以不吃饭，我不一样的，我要吃江珧贝、腊牛尾狸！最好再来点果脯蜜饯什么的。哦，仙家有酒吧？仙酿也来两壶尝尝？我定会惦记您的好。"

林渊一想到方锦从前便这样重口腹之欲，一时冷笑连连："你和数千年前还真是一个样。"

"一样貌美吗？"

"一样嘴馋。"

"哦。"方锦后知后觉回过神来，"您的意思是，其实我不是个人，数千年前还是您的仙友？"

"算是。"

闻言，方锦很是兴奋："那您今日来，是想带我位列仙班吗？"

林渊想起今晚要给方锦灌下一碗恢复记忆的孟婆汤，含糊其词："算是吧。"

"那我从前都是些什么职务？"方锦犹豫了一下，"总不会是仙人洞府门口洒扫的小仙子吧？"

能成仙虽然已经很好了，但职位太低，落差感不是一般的大。

林渊看了方锦一眼，意味深长地道："那不至于。"

"嘿嘿！我就说，像我这样的姑娘，好歹也得是个天界的大角色。"

"你从前是我的妻。"

方锦被他这句话给堵住了。难怪他之前气势汹汹，一副想杀人的模样，原来是婚姻被插足了。

方锦开始数天边飞过的一只只仙鹤。

她如今和林渊没有感情基础，贸贸然维持夫妻关系，似乎也很不得体吧？

方锦还在忸怩没有前世记忆的一对夫妻晚上要如何相处时，林渊已然把孟婆汤给她灌下去了。

孟婆汤对于凡人而言会忘却人间事，对于神仙而言，却能记起神界事。

方锦端着汤碗，越喝越不对劲，越喝心越虚，喝到最后几口，她只敢舔舔，不敢饮尽。

她全记起来了，也怕林渊会因她的胡闹生气。

林渊怎猜不到方锦的心思，他单手支额，微微一笑："锦锦在人界这些年，过得好吗？"

"还、还不错。"方锦拍了拍林渊的手，"我在人界十多年，无时无刻不想夫君。"

林渊嗤笑一声："哦，想我想到另嫁他人？"

"此事，应当只是个误会。"方锦擦了擦汗，"毕竟我那时是凡人嘛，大家都嫁人，我也不能免俗。"

"哦，也就是说，为夫去得再晚一些，恐怕你孩子都到我膝骨高了？"

"那不至于，那不至于。"方锦擦汗，"初生的婴孩，至多也就你小臂长。"

林渊头痛欲裂："锦锦！"

"我在！"

"若有下次，我绝不轻饶你！"

"是、是，全听夫君吩咐。"方锦谨遵林渊教诲，至少接下来的一年里，再不敢随口嚷嚷天界无聊了。

（二）约定

01

多年后，小童终于修成了圣佛。

这是第一个以鸟妖之身投胎修炼成的佛，其身份之尊贵，是神界的神二代们望尘莫及的。

然而，再厉害的圣佛，来见方锦时还是要下跪，行母子礼。

他如今已是成年男子的模样，长得清俊端方，拈花一笑，极具佛性。

方锦不敢受这一拜，赶紧把他搀起来，老气横秋地问了句："小童，你此番下界可是参透了什么？"

她很想问些家长里短，可是在圣佛面前放肆，她又怕被那些注重礼数的老神打断腿。

然而小童并没有她所想的那般庄严，他在人间历劫了经年累世，早勘破红尘，也不讲究这一套虚无的俗礼。

于是，他一语道破："您只是想问，我在人间这样久，有没有哪段有意思的经历吧？"

被小孩发现了心思，方锦羞怯地摸了摸鼻尖："哈哈，你聪明不少。"

"我在人界遇见了很多人。"小童笑了下,"但他们有他们的路要走,我也有我的。我对他们的爱,犹如我爱佛祖与世人。"

这话让方锦肃然起敬,没想到小童这个后辈的觉悟,竟比她还要高!

"佩服佩服,你小子,有点东西。"

小童笑了下:"那您呢?您等的人,回来了吗?"

方锦看了一眼不远处打算做饭的林渊,明明是仙风道骨的出世郎君,如今被她一句"爱吃灶台饭"磋磨得每日都亲自做饭,沾染凡尘烟火。

她脸上堆起笑容,重重点头,说:"回来啦!今后再也不走啦!"

"那就好,那我便放心了。"

"嗯!"

02

时隔数千年,方锦总算想起了一桩紧要的事。她于夜半时分惊醒,摇晃身边的夫君:"阿渊,你醒醒。"

林渊握了方锦的手,问:"怎么了?"

"呃,你记得小白吗?"

若不是方锦提起,林渊都快要忘记渡渊剑的存在了。

"他为你牺牲,你竟将他抛之脑后了?阿渊,你这样不道德。"

林渊看了方锦一眼,语重心长地道:"锦锦,距离我刺杀前一任帝君已过去三千年了。而你，在三千年后的一个稀松寻常的夜里，想起小白，似乎也不是很有道德的女子吧？"

说完，男人还朝她坏心一笑。

方锦一拍额头："小白还能找到吗？"

"他毕竟是修出剑灵的神器，若是一朝被毁，灵体应当也会重回修炼的洞府之中沉眠。"

"也就是说，你一直知道他在哪里，却因在天界乐不思蜀，从未找过他？"

"倒也不能这样说……"

"算了，反正都迟了三千年了，还特地跑一趟作甚，有空再说吧。"

"好。"

说话间，夫妻俩又一次躺下睡了。

而不知何处的洞穴，传来一声呐喊："天啊！没有人来救救我，拔出我吗？我可是上一任妖王剑啊！法力高强啊！小娘皮，你到底把我主人勾到哪里去了！主人，你色令智昏，是不是忘记我了！救命啊！"

在某个方锦和林渊外出游山玩水的日子，林渊盯着一座山峦，忽道："哦，小白所在的洞府似乎离这里很近。"

方锦这才想起，原来他们还有一位老友被镇压在洞府之中。

如果不是因为方便，她还不大想救。

来都来了，好歹搭把手？

方锦挠了挠头，和林渊一块儿赶到洞府。她朝洞里大喊一声："有人吗？"

"没人!"小白听出这对恶毒夫妇的声音,气急败坏地喊。

方锦"哈哈"一笑:"阿渊,没人,咱们走吧。"

小白这把剑都要被气得昏过去,发出尖锐的"咝咝"声,怒吼:"快放我出来!小娘皮,我和你没完!"

方锦抖出怀里的瓜子,席地而坐:"什么?小娘皮?你竟敢这样喊我,那我为什么要帮你啊?"

小白默默想起这三千年的孤寂,认了怂:"亲爱的夫人,请您务必搭把手,解救吾于水火之中,可好?"

"这般才像句人话嘛!"方锦抖去一手瓜子壳,正要打开结界,手却被那一层光屏烫了一下,"哈哈,不巧,才疏学浅,救不出来。"

小白一脸死寂,要是救不了,不能闭嘴吗?

林渊叹了一口气,掌心化出光剑,劈开了这道洞门。

小白又一次被主人救出,感动得泪眼汪汪,哭得上气不接下气:"主……呜呜呜,人……呜呜呜!吾辈在洞里等您好久啊,您这些年究竟去哪里了!"

林渊抬手掩唇,恰好挡住了脸上心虚的表情:"嗯,说来话长,我也是刚化魂复苏。"

方锦鄙夷地看了林渊一眼,没想到她的夫君连这种低端的谎话也信手拈来啊。

小白刚要感动主人一复苏就来救自己,却嗅到了方锦体内那股子不同寻常的浓烈的主人气泽。

小白眯起眼眸,长长的蛇身小心游近:"主人身子骨才好,你就缠着主人渡气吗?你这个女妖精,身体里全是主人的气泽……"

话音刚落，他就被林渊一脚踏在地面摩擦。

林渊凶相毕露，鬼气森森地道："记住，往后不要肆意窥探旁人的夫妻生活。"

"是……"小白奄奄一息地答话。

小白惊觉，虽然主人身上没了妖骨，可那层瘆人的杀气还在！

原来，主人杀气腾腾不是因他有妖骨，而是他本就这般狠厉。

啧啧，方锦有主人罩着，今后真是无法无天了！

小白难得回了天界，蛇脑纤小，问了方锦数十次才理清楚如今的境况："你的意思是，如今主人成了新一任帝君的倒插门，而你是帝君之女，咱们仨身份又升了个官阶？"

这话一出来，方锦也是一愣。

思索了半天，方锦期期艾艾地答了句："算、算是吧。"

得了准话，小白可就精神抖擞，支棱起来了，他挺起傲然的胸膛，道："那吾岂不是成了天界的贵客？你不得给吾这样尊贵身份的剑灵特别建个行宫啊？再凿个酒窖出来摆一摆桃花仙酿，园林也成，吾不挑的……"

话还没说完，一柄纤薄锋利的长剑就刺入了小白的身体里。

林渊斜了小白一眼，潜台词是：闭嘴。

小白缩了缩脑袋，绕上方锦的腕骨，装死。

幸好蛇身只是个装魂的容器，不至于见血，否则这一剑下去，命都没了。

剑？

小白忽然望向那一柄不知来历的神剑，尖叫出声："主人怎会让这样的劣等剑插足我们主仆感情？您不爱用我了吗？我可是名震三界的渡渊妖王剑啊！哪儿来的野花，还敢和我这朵家花争！"

小白又找到了新的可以吵闹的事，嚷得方锦耳朵疼。

她最终还是一把捏住了蛇头，勒令："闭嘴，再吵就把你丢回去。"

多年不见，这两人越来越有夫妻相了。

夜里，方锦和林渊同榻而眠，小白以为两人的居室里天经地义有自己一处位置。

小白堆起鳞片，捧着一盆瓜子，慵懒地游过来，但还没靠近方锦，就被林渊一道诀印打飞了出去。

今夜，小白终于知道，自己再也不是主人心上最好的那把剑了。

03

方锦近日里和林渊说起隔壁洞府的道正仙人和他的妻子和离的事。

方锦喝了一口酒："夫君是不知道，道正仙人哭得一把鼻涕一把眼泪，死活都不肯松开他媳妇的腿。他媳妇实在烦，上报天界，请求天兵调解家庭纠纷。你说，这都是什么事儿呢？"

林渊正执着锅铲，含糊地问了句："为何非和离不可？"

"听说是两人成亲数千年，连孩子都没有。他媳妇擎等着养个娃娃传宗接代，偏生道正仙人不争气。"

"咣当"一声，林渊手里的家伙落地。

他面无表情地拾起，忽然问了一句："锦锦也想有个孩子吗？"

"我吗？"方锦思忖了一番，"倒也没有非要不可，不过能有个孩子挺好的。你看，咱俩的样貌都算上乘，生的孩子该多水灵呢？特别是如今有小白在，也能帮着带孩子啊！不然成日里吃喝拉撒都是花销咱们的，多亏。"

闻言，小白手里的瓜子散了一地："又有吾什么事？你俩冷落了吾千年，还不许吾占点便宜？"

小白又转念一想，若是有个对自己仰慕得很的小主人，倒也挺好。自己受够了这对夫妇的气了！

于是，小白干咳一声，改了口："不过真生下来，吾帮着带带也是搭把手的事，无甚！"

家里两口人似乎都挺期待孩子一事，林渊缄默不语很久，终是在夜里和方锦漏了底："锦锦多年来无身孕，其实是我捏了避孕事的诀。"

怎料，方锦对此事很看得开，拍了拍林渊的肩膀，安慰："我早知不是自己身子骨出问题，定是夫君不能生。"

话是这个话，可林渊听起来怎就这样别扭呢？

"不过，夫君既捏了这个诀，是不喜孩子吗？"

"咳，倒也不是。"

"还有隐情？"

"你我重聚不易，若有孩子，恐怕你得好长一段时间挂心他。"

方锦懂了，林渊是吃飞醋了，生怕她对他不管不顾！

方锦"哈哈"两声笑："放心吧，便是有了孩子，夫君也是我心尖尖上的蜜人，等闲夺不走你的地位。"

林渊放下心来，三年后，他和方锦有了自己的孩子。

看着成天牵着小郎君四下走街串巷的方锦，林渊头一次太阳穴生疼，咬牙骂道："果然，女人的嘴，骗人的鬼！"

方锦所言俱是屁话，她分明舍弃他舍得很欢实！

方锦和林渊的儿子方林山是小白带大的。

小白其实已经修炼出人身了，只是即使变成了人，也是拖着那两条腿，用腹部游走，好似贴地爬行的纸扎人，姿态太难看了。方林山就让小白变回蛇身，免得到处吓人。

方林山第三百一十四次问小白："爹娘很忙吗？为何总不来看我？"

小白刚吃完小孩孝敬的猪蹄，用蛇尾卷着牙签剔牙。

"忙呢！"

就是忙的事有点不一样，忙着造人。

方林山落寞地道："那好吧，等他们得了空，我再去寻娘亲说说近日习武的心得。"

小白看着少年郎渴望爹娘陪伴的模样，莫名有些心疼。好歹是自己带大的小子，小白轻咳一声："小主人有没有旁的想要的东西？除了你爹娘。"

方林山想了想，说："啊！父亲的清莲剑好漂亮，我也想要一把仙剑！"

说起这个，小白就冒火，那把清莲剑分明就是个插足的野花，也修炼出剑灵了，却迟迟不愿现身，只在小白面前耀武扬威，说林渊如今是人神了，执着妖王剑太丢身份，还是自己这种仙剑比较适合人神。

啊呸！小白气得嘴角都长燎泡了。

小白本想着小主人该有点眼光，怎料有其父必有其子，父子俩都是被妖艳货色迷了心窍了。

得想个法子摆正方林山。

于是，小白道："小主人想要剑啊？吾倒是知道某个洞府有一把绝世好剑。"

"您能带我去吗？"

"当然，明日就启程吧。"

方林山欢喜地应下了。

待明日，他见到那把"绝世好剑"，整个人都沉默了。

小白瞥了一眼自己幻化出的渡渊剑身，对方林山的反应很是不解。

——没道理不喜欢啊？自己为了炫酷，把剑柄变成了气势汹汹的九头蛇，黑鳞大蛇缠绕着长剑，诡谲又美丽，谁能不爱啊！

方林山艰涩地开口："白叔，这是不是你的本体？"

"哈哈，小子有眼力，竟被你发现了。"

"你是妖王剑？"

"哈哈！怎么，是我，你不满意？"

"没有……"

"既如此，快拔出我，快让我认主啊！我等这一天很久了！"小白兴奋地催促。

骑虎难下的方林山，只得上前一步，拔出了妖王剑。

也是这一瞬间，天地变色，小白正式解除了和林渊的剑契，改为归降于方林山。

而方林山之所以犹豫,是出于两个原因——第一,他不喜欢软乎乎的剑柄;第二,他收服了小白,岂不是撬了父亲的墙脚?小白好歹是父亲的第一把剑。

而另一边,思儿心切的方锦本想今晚去寻方林山闲侃,怎料林渊醋劲很大,又把她抱回被窝里。

郎君咬上她耳朵作怪,含糊其词:"强者都是孤独的,你不可慈母心肠,总照看他。"

又来这句话!

方锦头疼:"是不可溺爱孩子,但我都三十年没见儿子了,他再强,也不该是个孤儿吧!"

"我不许。"

早知道就不该生养一个小子,妻子都对自己不看重了,真是郁闷。

林渊其实对方林山没什么敌意,好歹也是自家儿子,他只是不满小妻子心心念念旁人。

方锦知道林渊多会使小性子,她叹了一口气,想见儿子,恐怕只能另寻他法了。

她先把大的哄好,总该允她去找小的吧?

于是,方锦热情地抱住了林渊,主动朝他的唇,献上一吻。

原本林渊还欢喜地抿出一丝笑,在觉察出方锦意图后,眉眼又归于沉寂:"你是不是为了儿子⋯⋯讨好我?"

"啊,这个⋯⋯"郎君长大了,越来越不好骗了。

"锦锦如今变坏了,竟会为了旁人,欺瞒为夫。"

"我没有。"

"罢了，我都知晓了。"林渊作势拂袖离去。

见他真要闹脾气，方锦又无法，只得咬咬牙追上郎君。唉，看来今天看儿子的计划又泡汤了，小的哪有大的重要。

方锦在心里为孩子默哀，别怪你娘啊，改日你有了心上人就知道"一碗水端平"有多难办了！

番外二
蝶恋花,却话春景年年好

（一）神君有心

01

几百年前，老凤君方岐战殒，落于无尽海以南。

他浑身都是血，受了太重伤，诀也捏不出来。与其以这样难堪的样貌回天凤宫，倒不如原地躺着疗一疗伤。横竖凤凰神族的自愈能力很强，当年历过两次劫难，方岐已塑造一具刀枪不入的强悍仙身。

只是他没想到，这一闭眼就是一场酣畅大梦，再醒来时，境况有点出乎预料。

他身在海中一处水晶宫里，珠宫贝阙，宫门处还凝了一层结界。

其实，结界再厉害，也敌不过方岐的仙术。只是他这些年委实太无聊了些，倒想看看海妖们囚他一个上神做什么。

是的，方岐凤君看起来一副冰清玉洁的纯洁样貌，实则是个有八百个心眼的腹黑坏郎君。

没一会儿，殿外传来一阵珠玉撞击的脆响，是一个花容月貌的姑娘家软着双足，被鲛人侍女搀着走来。

方岐猜，她应当是很久没幻化过双腿，故而走得这样别扭。

来人正是鲛族公主鲛离，族中大人都喊她"娇娇"。

鲛离有鲛人一族的恶习——喜欢璀璨夺目的事物，越漂亮越想私藏。方岐是她发现的猎物，她瞧中了便是她的，这样好看的人，定要偷偷留下。

只可惜，他是个活生生的男人。

鲛离喜欢他，也很想得到他，可一下子又不知该如何使用。

活的东西，还是男的，摆在寝宫不合适。她把这起子心思说给老嬷嬷们听，大家想了想，还是委婉地告诉鲛离："喜欢一个男子，想得到他，那恐怕就是同房的私事了。"

"什么是同房？"鲛离胆大包天地问出声。

老嬷嬷们呼吸一室："啊这个，可能公主婚后便知晓了。"

"婚后吗？"

鲛离想了想，过来小心翼翼地询问方岐的意思："我想得到你一回，只是这事儿有点难办，得婚后同房。我个人是很想的，只是不知你意下如何。"

方岐头一次被姑娘家这样大胆表露心意，他轻咳一声，耳根潮红。

"你还中了我们鲛族的毒，没我的解药，你会死的，所以你务必得答应。"

方岐古怪地看了鲛离一眼，心底叹息：他是不是该告诉这个姑娘，凤凰神族百毒不侵，鲜能被毒药制住？

只是看她一副很想他留下的模样，让她失望似乎不大好吧。

方岐难得起了恻隐之心，他假意咳出一口血，道："嗯，果真中毒了。"

"是吧！"鲛离欢喜地拍手，托住郎君漂亮的手指，捧在心口，"那你从了我，好不好？"

"你在强迫我？"方岐也不过是问问。

怎料，鲛离一本正经地点头："嗯！"

"既然你这般凶悍……"方岐温文一笑，"那我便从了你吧。"

"你真好。"鲛离感动，没想到她第一次强取豪夺就这般顺利！

坏心眼的凤君仍是含笑："尚可。"

还真不知是谁抢了谁。

鲛离说的得到郎君，其实也只是想和他"贴贴"，想蹭一蹭漂亮的事物。哪知，郎君嘴上温润，手上工作却不是这个意思。

他教她如何宽衣解带，教她如何欺辱郎君。

最后，鲛离也慢慢回过神来，明明她是"恶霸"，为何眼泪掉得最凶的也是她？

鲛离是个守信的小公主，说放走方岐，她就不会留他。她喂他服了解药，原以为大家能好聚好散。

可是这一次，病秧子漂亮美男却不愿意善罢甘休。

他朝鲛离一笑，意味深长地道："本君乃是天界凤凰神族的凤君，娇娇既欺了我，这口气我是实难咽下的。要知，于男子而言，元阳该是宝贵之物，你既执意污了我身子，就得对我负责。这样，我回天界禀明此事，一个月后携聘礼来娶你为妻，可好？"

鲛族竟要和天界上神联姻？这是天上掉馅饼的好事，族中长老欢喜极了，连声应允。

唯有鲛离如遭雷击，她怎么知道不过是欺负小凤君一回，竟要得他永世报复。

完了，这次全完了。

鲛离决定逃婚。

奈何，她法力再高强，也抵不上战神方岐啊。

方岐着一身火烧似的婚服，优雅踱步至鲛离面前。他温柔地撩开鲛离颊边垂挂的珍珠坠子，柔声问："大喜的日子，夫人还想往哪儿逃？"

眼前的郎君笑得人畜无害，那样明艳动人，又那样令她畏惧。

鲛离结巴许久："你、你法力这样高强，当初还和我装弱不禁风？"

方岐想起旧事，面上讪讪，尴尬地咳嗽一声："夫人不懂，床笫之间的示弱，也是一种情趣。"

"骗子。"

"嗯，骂得好。"

方岐将她抱起："留点力气，夜里慢慢喊。"

鲛离心如死灰："你好卑鄙。"

"彼此彼此，是夫人先招惹我的。"

鲛离悔不当初，早知有今日，她就不该一时贪欢，恣意摆布方岐。

如今懊悔也来不及了，全无退路！

后来，鲛离才知自己的丈夫看着温润如玉，原来是天界的杀神。

那么他床笫间的种种柔弱，便是故意装给她看的吗？这厮真的好卑鄙哦。

02

鲛离住在九重天上的宫阙之中，她不大同旁的神女来往。

主要是神界风气不好，神族看不起妖族，即便鲛离嫁给了凤君方岐，且怀了他的孩子，还是难改她身上妖族的血脉。

鲛离也不是一个爱同夫君嚼舌根的姑娘，每当夫君问起白日如何，她总含含糊糊说一句"尚可"。

夫人不愿意开口，方岐便去撬旁人的嘴了。

他寻上天凤宫附近的花神宫，这位花神新娶的妻子很有手段，在他的后宫中打败一众姬妾上位，实在厉害。为了同旁人耀武扬威，她也屡屡开花宴，请天界的各家夫人来赴宴。

鲛离去过几次，每次回宫里都是愁眉苦脸的模样。他问几句，她又不愿回话。

方岐想，她如今怀了身孕，若总憋闷闲气，于身子骨有碍，他得帮她顺顺气儿了。

方岐也不含糊，登门打得家奴乱飞，见了花神夫妻，开门见山地说了句："近些日子尊夫人不知同家内说过什么，惹得她终日郁郁寡欢。本君虽多年不曾上战场历练，武艺倒也不算生疏，打几个家府豢养的兵将还是绰绰有余的。"

闻言，花神忙推搡了爱妻一把，问："你们都聊些什么了？惹得凤君生这样大的气。"

花神妻子见鲛离日常唯唯诺诺的模样，还当她是不得宠的家室，怎料方岐护妻得很。

好你个鲛离，还知道告状来了！

她也不敢隐瞒，小声嘟囔："也没说旁的，就谈了几句凤君乃凤凰神族，若血脉被鲛族所染，不知会不会乱了神根，生下一只卑贱的妖来。"

听得这话，方岐微微眯眸："花神纵妻辱我家人，可是瞧不起我凤凰神族吗？"

花神忙致歉："怎敢、怎敢！这女人说话口无遮拦，本神今晚便休了她！"

"什么？您为了一个外人，伤咱们夫妻情分吗？您好狠的心！"

"住口！泼妇！"

方岐稀得理他们夫妻吵架，探听了消息便回府上了。

他头疼地扶额，没想到鲛离郁郁寡欢的缘由竟如此孩子气。她是怕他嫌鲛族血脉卑微吗？可是，便是鲛人，只要是他的孩子，方岐都欢喜的。

凤君长叹一声，妻子这样娇，夜里也不知该如何哄了，还得从长计议啊。

鲛离没同方岐抱怨的原因，其实也不是想做一个任人宰割的"叉烧包",她是起了和离的心思,这才忍耐到今日。要知道,所有受委屈的时刻,都能当成和离时爆发的苗头。

她攒了那么久,可算凑够了吵架的素材了。

怎料,老凤君一归府,就把她的私货全部包剿。

鲛离难以置信地问:"什么?你给我出气去了?"

方岐慈爱地抚摸爱妻的脸颊,全然不知她此刻的颤抖是因愤怒而不是欢喜。

"是,往后再没人欺负你了。"

鲛离无言以对,她想,如今她的和离计划破功,得以死来蒙蔽凤君了。

时机很巧,她选择生下孩子那日,撒手尘寰。

方岐伤痛欲绝,闭宫不见客。

复生后的鲛离再次听到夫君的消息,已是他仙逝那一回了。

她记得他们留下的孩子方锦,但是她不知该如何面对这个孩子。

那一日,鲛离忽然意识到,其实她也很想念方岐。她原以为他会好好在天上活着,会再成一次亲,会觅得良缘,他们两不相欠。

但当她真的听到方岐死了的消息,鲛离才知道,原来她的心脏也会痛。

所以,她再次遇到方锦时,还是打算遵循上一世的轨迹,求个圆满。

幸好方岐还在等她,幸好这一次,他们没有彼此错过。

（二）收徒记

01

方锦不是个爱治理三界大事的神女。

凤君方岐深谙女儿秉性，于是打算提携一下女婿林渊，教他如何在旁辅佐未来的帝女。

三界要事都是父亲和夫君在忙，方锦闲下来以后便无所事事。

在数完第三千一百八十二只飞过仙山的仙鹤时，方锦决定下界找点事情做。

为了不乱用仙术，破坏人界因果轮回，这次方锦乔装打扮成精通一丁点儿旁门左道的江湖术士，还创立了一个门派"无间道"，她自封为"无间老祖"。

无间道没什么入门规矩，只要你想把门派发扬光大，让江湖每一个角落的人都能听到它的显赫名声，那你就是方锦的好门徒。

为了招揽更多的门生，方锦想出了一个法子，研发出了一个叫"抽卡入门"的项目。

抽中"入门弟子"木牌的百姓，不但能受无间老祖的福泽庇佑，还能领到门派发放的保温茶壶以及一包茶包。

很快，无间道的门槛立马被那些上了年纪的伯伯婶婶踏平了。

一时之间，方锦收下的门徒弟子，人均五十岁高龄。

但方锦心宽，压根儿没觉得这有什么不妥。

大娘大爷们讲话中气十足，还爱围在门派前闲磕牙，一有机会就出去宣扬无间道免费送礼。一时之间，无间道异军突起，成了江湖上顶热门的邪门歪道，名声大噪。

今日，方锦一如既往地提了不少礼物下界，有新炒的瓜子、花生、蜜汁肉脯……

还没来得及捏诀下凡，她的身后便响起了夫君阴恻恻的嗓音——"锦锦，你想去哪里？"

方锦回头，讪讪一笑："夫君昨天操劳一整日，不再多睡一下吗？"

林渊冷笑："近日我一睡醒，床侧便是空的。你日理万机，究竟在忙什么？连陪我睡觉的时间都没有？"

方锦放下那些提去送给其他门派增进感情的年节礼物，上前握住林渊的手，语重心长地道："阿渊误会我了。我哪里是刻意冷待你，只是想要勤勉一些，每日早起跑圈，多多强身健体。"

"哦，是吗？那你提这些吃食，是想要顺道拜一拜客人？"

"还是阿渊懂我。"方锦夸赞了夫君一声，推搡他两下，"你不是还有政务要忙吗？可别和我一来一回耽搁了，天下苍生要紧！"

"嗯。"林渊认识方锦数千年，从来不知她是这般正义凛然的人。

"放心放心，你下值的时候，我定回家了。"方锦算过了，仙界一天，人间过去个把月了，足够她和那些新入行的小门派交流完感情。

林渊没有再多说什么，目送方锦远去。

只是，他蜷于袖中的指骨，悄无声息地攥紧了。

02

方锦下界的时辰有点晚，又正逢人间隆冬年节。天太冷了，她给自己幻化了一身兔毛厚斗篷。

无间道门派家底薄，没学江湖上那起子奢靡风气，门楣上连红纱灯笼都不挂，只贴了一副红纸对联。

左边写着：人活在世。

右边写着：每天发财。

横批：富我。

简单，粗暴。

字里行间，充斥着对于门派发展以及人生梦想的美好寄愿，方锦很满意。

无间道做大做强，时不时还会有惠民礼物赠送，招的门徒最多。不少门派为了和方锦取经，特地把门派洞府建在无间道隔壁。

为了促进邻里关系，方锦先是和菜刀门的掌门闲谈了几句江湖发展，送上一盒牛乳味的瓜子；又和朱雀宫的宫主细说养颜美容之术，顺道拿了几个红柚送过去。

大家都得了年节礼，还给方锦赠了一些当地特产，可谓是其乐融融。

方锦秉持"和气生财"之道，与周遭门派的关系处得十分融洽。正要回门派和门徒们吹嘘自己的光荣事迹，她的目光就被不远处跪着的年轻人吸引了。

雪下得厚实，遮天蔽日，苍茫一片。

那年轻人竟虔诚地跪在无间道门前，一动不动。

方锦不由得上前问："孩子，你是来拜师学艺的？"

"是，我想拜无间老祖为师。"少年一抬头，露出一张沾了雪絮的昳丽脸蛋。也是凑巧，他的眉眼间竟有几分林渊年轻时的风采。

方锦看到幼年版的林渊，脸上的笑容更慈爱了。

"好好，是个好苗子。师父我今日破例，不需要你抽卡自证手气，也收你为徒。这事儿你别对外说，你那些师兄师姐会艳羡的，届时引起门派间的争斗就不好了。"

方锦意味深长地拍了拍小徒弟的肩膀，拉他起来。

对于活了几千年的神女来说，小徒弟在她眼里，如刚出世的孩子一样惹人怜爱。

方锦给他起了一个名字——"雪雪"。

因为是在雪地里捡到的孩子。

年轻俊秀的少年郎在哪里都很受欢迎，雪雪一来无间门派，便被那些五十多岁的师兄师姐围住了。

群狼环伺，少年的唇瓣抿得死紧。

直到方锦看出小徒弟的不适，特地把他从人群里抢走，喊他来内室伺候师长。

其实，方锦也不全是为了解救小徒弟，她只是怕弟子们碎嘴，教雪雪发现她的秘密——所有师兄师姐抽卡入门都有送保温茶壶与茶包，唯独小徒弟没有。

谁让方锦近日送礼，手头太紧，想要节省开支呢？

雪雪不明就里，很感激老祖的温情。

身形孱弱的少年郎成日紧跟着方锦，白润如玉的指尖微勾，撩动她的衣袖，问："师父，您这么温柔，是不是有很多仰慕者？"

方锦半点都听不出雪雪话里的异样，仍在精神抖擞地吹牛："实不相瞒，确实有很多。"

雪雪那一双漂亮的凤眸微微眯起，又假装天真地问："那师父为何没给自己寻个爱侣？"

"谁说我没有？"方锦下意识要说林渊，但一想到，现在的人间，还是比较喜欢未婚的高岭之花高人，她要留给门徒们想象的空间，也要让那些仰慕者有个感情寄托，因此还是对外宣称"未婚"吧！

方锦意味深长地道："唉，为师曾经是有个恩爱两不疑的爱侣，自打他死后，为师便封心锁爱，再不留恋人间情。"

方锦灵机一动，给自己加了一个深情的人设。随后，她期待地望向眉清目秀的小徒弟，企图看到小孩子感动的眼泪。

然而小徒弟十分平静，他目光发冷，盯着方锦，徐徐说了个"哦"。

啧，现在的小孩真不好骗。

03

方锦其实没有收徒弟的经验，招了雪雪后，又不知该教他什么。

于是，她苦口婆心对小徒弟道："为师见你骨骼清奇，是个好苗子，但万事欲速则不达，都要事先打好基础。这样，你便从给为师端茶递水、铺床开始，好好参悟。"

雪雪还是很有反抗精神的，他皱眉，问了句："参悟什么？"

方锦一脸讳莫如深："不要问！问就是悟性差，为师很看好你的。"

"天机不可泄露？"

"正是这个道理。"

雪雪明白了，他不再问东问西，而是乖巧听方锦的话，给她端来一日三餐，偶尔还陪她唠嗑、看话本、打叶子牌。

有时，雪雪伺候人的方式太熟悉了，方锦会忽然生出一种"林渊来了"的错觉。

她下意识喊小徒弟"阿渊"。

每每这时，雪雪便会意味深长地看她一眼，问："阿渊是谁？"

方锦尴尬："哈哈，是我那死去的爱侣罢了……"

日子一天天过去，师徒两人相处倒也十分愉快。

直到一日，雪雪忽然问方锦："师父还放不下那个名叫'阿渊'的亡夫吗？"

方锦摆摆手："别问，问就是爱过。"

"那师父觉得，雪雪如何？能否顶替阿渊先生的位置，同您相伴终老？"少年的话说得很认真。

师徒恋没有好下场的！

闻言，方锦拍了拍雪雪的肩膀，痛心疾首地道："雪啊，你师夫在天之灵庇佑你，待你不薄啊。这才相处一个月，你就想撬他墙脚，不厚道啊！"

雪雪听完这话，看方锦的眼神更为复杂了。

"是徒弟僭越了，师父莫怪。"

"罢了，为师知道，自己的魅力一般人很难抵抗，和我这般朝夕相处还要按捺本心，也是难为你了。"

雪雪语塞。

04

方锦在人界玩得久了一点，回天上的时候，已是夜深时分。

她不想惊扰林渊睡觉，走路十分小心。

哪知道，宫殿内灯火通明，正堂内坐着刚刚沐浴更衣完的貌美夫君。

原来她的夫婿一夜没睡，就等着看她什么时辰回来。

方锦心中一股愧疚感油然而生，她讪讪一笑："阿渊这么晚还不睡吗？"

披散一头如云墨发的林渊不语，冷冷睇来一眼："夫人都不曾入睡，我又怎舍得独眠呢？"

方锦当即一拍手，夸赞林渊的识趣。

她大义凛然地道："其实，我今夜晚归，也是有测试阿渊之意。我想看看，阿渊心里是否念着我，没我便不能入睡。很好，夫君，你合格了，我们的夫妻感情没有遭到破坏。"

林渊听到方锦一如既往卖乖的话，倒也没发笑。

他今日像是攒了许多闲气，闷葫芦似的抱住了方锦，低声问："你人间的门派，经营得可好？"

闻言，刚享受一会儿夫妻恩爱的方锦顿时僵住了，她像是被从头到脚淋了一盆水，冻得脊骨生寒。

好半晌，方锦才回魂："咳……尚可！"

"锦锦劳累，不若为夫帮你捶肩捏腿？"林渊是个行动派，言语间就要上手。

本来还想欲拒还迎一会儿的方锦，越被夫君伺候，越觉得他的手法熟悉。

这和雪雪捶腿的力道简直如出一辙。

难道……方锦不敢讲话。

林渊却勾唇一笑："师父如今在阴曹地府见到了阿渊先生，亏心不亏心？"

方锦擦了擦额头上的冷汗："苍天可鉴，至少我对阿渊你一往情深，即便你扮作美少年站在我面前，我也不为所动。不瞒你说，若不是雪雪眉目间有几分肖似你，绝对成不了我的关门弟子。"

林渊讽刺道："那我怎么听说，你是因为能省下一个杂役的钱，这才拉拢我给你端茶递水，伺候你起居？"

"夫君明察秋毫。"

"呵。"林渊冷声道，"不过是参政几日，妻子都要跑了。我已和岳父提出，往后再理政务，势必要将你捎上，你别想一个人背着我开溜。"

听到这话，方锦痛不欲生，但也没了拒绝的借口。

原来，这一切都是林渊想和她朝夕相处的大计，这厮阴险！

就此，无间老祖不再出现于人前。因逢年过节没有礼品发放，无间道门徒也在一年内尽散，堂堂江湖大门派惨遭黑暗势力"灭门"。

- 全文完 -

饲渊